KB048978

딸하고밀당
중입니다

사춘기 딸과 함께한 날들의 기록
······································

딸하고 밀당 중입니다

글·그림 지모

샘터

프롤로그

딸아이 초등학교 2학년 때 사춘기가 왔었다.

서로의 오해가 풀리지 않은 채 감정이 상하고

그대로 굳어버리는 경우를 자주 경험하면서 아이가 이대로 크면

감정의 골이 더 깊어질까 걱정되기 시작했다.

딸의 모든 일에 지나친 참견과 상관을 하게 되면서

오히려 둘의 관계가 나빠진 때도 있었다.

그땐 나의 모든 참견과 상관이 애정의 표현이라고 생각했다.

그래서 순간순간 딸에게 느꼈던 감정이나 둘 사이에 일어났던 일에 대해

그림과 글로 기록하기 시작했다. 그 기록들을 딸아이 몰래 모아서

내 마음을 말로는 다 표현하지 못하게 되었을 때, 언제일지는 모르지만

엄마와 더 이상 대화를 나누고 싶지 않게 되었을 때, "엄마는 이때의 너를

이렇게 생각했고 늘 사랑하고 있었어."라고 '짠!' 하고 보여주고 싶었다.

딸과의 관계에 대해 고민하던 일상을 그림일기에 담아내기 시작하면서

일상을 객관적으로 돌아보며 딸을 조금씩 이해하게 되었고

딸과의 매 순간이, 하루하루가 소중하게 느껴졌다.

그렇게 그리기 시작한 그림일기를 인스타그램에 올렸고

생각지도 못했던, 너무 많은 사람들의 관심과 사랑을 받았다.

나의 그림일기를 보고, 아이를 키우며 느끼는

다양한 감정들에 이입이 되며 동지애를 느꼈던 게 아닐까 싶다.

나 역시 많은 사람들과 소통하며 위로와 공감을 얻을 수 있었다.

딸아이의 초등학교 시절이 고스란히 담긴 그림일기가 매일 쌓여

어느새 이렇게 책으로 엮어낼 수 있을 정도의 분량이 되었다.

돌이켜 생각해보면, 딸아이가 초등학교에 입학하고 한 학년, 한 학년

올라가면서 나와 딸의 모습은 상황에 따라 다양하게 변화해온 것 같다.

우리는 그때마다 나름 최선을 다해 살아왔으며,

어느 해 하나 소중하게 여기지 않았던 적이 없다.

그렇게 나는 딸과의 이야기를 그림으로 풀어내며

스스로를 치유하고 에너지를

얻기 시작했다.

모든 게 불안하고 미숙했던 1학년 때의 나.
그런 엄마와는 다르게 알아서 너무 잘해줬던 1학년 때의 너.
무리한 욕심으로 너를 몰아세웠던 2학년 때의 나.
그런 엄마 욕심을 따라와주느라 몸과 마음이 많이 힘들었던 2학년 때의 너.
너를 이해하며 너의 페이스를 인정해주기 시작했던 3학년 때의 나.
그런 엄마의 마음을 알아주고 서로 같은 곳을 바라보기 시작했던 3학년 때의 너.
학교에서의 모든 생활에 잘 적응된 것 같아 그저 마음 편했던 4학년 때의 나.
친구, 선생님, 공부 등 모든 게 안정되고 즐거웠던 4학년 때의 너.
미래의 방향을 정해야 할 것만 같은 압박감에
예중 입시를 결정하고 밀어붙였던 5학년 때의 나.
그런 엄마의 결정을 묵묵히 잘 따라와줬던 5학년 때의 너.
예중 입시를 준비하며 괜히 어린 나이에 하지 않아도 될 고생을 시키나
마음 아프고, 그런 네가 행여 지칠까 너의 마음을 달래주고 지켜주느라
최선의 최선을 다했던 6학년 때의 나.
오로지 입시에만 열중하며 그 누구보다 최선의 최선을 다했던 6학년 때의 너.
그렇게 우리는 예기치 못하게 닥쳤던 어려움 앞에선 함께 잘 해결해가며
극복할 수 있었지. 또 마음속 깊이 저장될 행복한 추억들을 쌓으며
매 순간을 소중하게 보내다 보니 어느새 6년이라는 시간이 흘러버렸네.
엄마도 엄마가 처음이라 부족한 게 너무 많았지만,
항상 엄마 마음을 너무 잘 이해해주고 잘 따라와줘서 고마웠어.
지금까지는 엄마가 앞에 서서 너를 끌어갔다면,
이제는 네가 원하는 너의 꿈을 찾아서 걷는 길에
엄마가 뒤에서 있는 힘껏 밀어줄게.
사랑해.

2021년 2월 10일
너의 졸업식 날, 엄마가

이 편지글은 딸아이의 초등학교 졸업식 날,
서프라이즈를 준비하며 딸아이에게 건넨 편지의 내용이다.
그렇게 우리 모녀의 첫 챕터인 초등학교의 스토리는 마무리되었고
또 다른 챕터의 시작인 중학교를 입학한 지금의 딸.
초등학교에 처음 입학했을 때 서로 엄청 헤매었던 것처럼
지금 우리는 새로운 챕터를 시작하느라 또 다시 혼돈을 겪고 있지만,
초등학교 6년이란 시간 동안 서로에게 의지하며 잘해온 것처럼
중학교 3년의 스토리도 아름답게 마무리할 수 있다고 나는 믿는다.
모든 챕터의 시작에는 두려움과 막연함에서 오는 불안이
누구에게나 다 있겠지만, 우리 모녀처럼 서로에게 의지하며
각자의 스토리를 예쁘고 재미있게 풀어나갈 수 있다고 생각한다.
아이를 키우는 엄마라면 누구에게나 해당되고
누구나 공감할 수 있을 나의 그림과 이야기가
모든 이들에게 즐거운 위로가 되어줄 수 있으면 좋겠다.

하루 종일 TWO닭 TWO닭

마치 전쟁 같았던 딸의 사춘기 시절을 겪으며
하루 종일 투닥투닥 싸우기만 하던 우리는
조금씩 서로의 입장을 이해하면서
이제는 서로 토닥토닥하는 사이가 되었다.

딸의 사춘기는 아주 일찍이 초등학교 2학년 때 시작되었다.

내가 그림일기를 그리기 시작한 것도 바로 이 시기였다.

폭풍우가 몰아치는 딸의 마음속에 들어가보고 싶었기 때문이다.

아이들의 성장 과정 중 반항기가 도드라지는 시기를 흔히

미운 네 살, 미친 일곱 살, 초 3병이라 부르는데

딸은 초등학교 2학년 때 그 시기가 왔고 아주 격한 모습으로 지나갔다.

그때 딸아이가 왜 그랬을까 돌이켜 생각해보면,

무언가 여러 가지를 과하게 배우기 시작하면서부터였던 것 같다.

쉽게 말해 과부하가 왔던 시기라고 할 수 있다.

그저 밥만 잘 먹어도

똥만 잘 싸도 예쁘다 착하다

칭찬해주던 엄마가

자신에게 무언가를 끊임없이 바라고

기대하는 것들이 넘쳐나면서부터

많이 당황스러웠던 것 같다.

"삐딱선 타기 시작한 딸"

이것은 그냥 선이 아닙니다
삐딱선입니다

힝!
칫!

'엄마는 왜 변한 걸까.' 혹은
'그저 먹고 놀고 자고 싸고만 하던 내 일상이
왜 자꾸만 무언가를 학습하는 나날들로 바뀐 걸까.' 하고 말이다.
그저 엄마가 시키니 따라가다가도, 엄마의 기준치나 기대치가
자신의 부담으로 여겨지게 되면서부터는
그 당황스러운 마음을 어떻게든 분출하고 표현하기 위해서가 아니었을까.
내 아이만 뒤쳐질까 싶은 엄마의 불안감 때문에
딸아이는 교과는 물론 예체능 선행까지 해야 했고
주말 없이 밤늦게까지 학원 스케줄은 꼭 차 있었다.
그저 엄마의 욕심으로 채워진 나날들 때문에 괴롭고 답답하고 힘들었지만,
달리 그 스트레스를 표현할 수 있는 방법을 몰랐기 때문에
명랑 쾌활의 대명사였던 딸에게
질풍노도의 시기가 찾아왔던 게 아니었을까 싶다.

가시 돋친 말들 쏟아내는 까칠까칠한 모녀

이제와 돌이켜 생각해보면 딸아이의 분노 폭발의 시기는 항상 뭔가,
엄마인 내가 정해놓은 스케줄을 감당하기 버거울 때마다 나타났다.
그때마다 자신의 감정을 강하게 드러내던 딸을 보며
'와~씨! 얘는 왜 벌써 사춘기가 와서 나를 이렇게 힘들게 하나…' 싶었다.
어떻게든 딸의 고집을 꺾어 이겨보겠다고 미친 듯 딸을 혼냈고,
딸은 그런 나에게 절대 질 수 없다며 심하게 대들었기 때문에
서로를 보며 미친 듯 싸울 수밖에 없었던 시기였던 것 같다.
싸웠다가 화해했다가
평화로웠다가 전쟁 같았다가를 무한 반복하며
이제는 서로의 입장을 이해하고 받아들이게 되었다.

한번도 안 싸우고
무사히 지나간 오늘 하루

어디까지,
어느정도
내려놓아야
할까

딸에게 분노 폭발의 시기가 왔을 때마다 잠 못 이루며
고민하면서 느꼈던 건, 그게 뭐든 내 아이가 감당할 수 있는
내 아이의 그릇만큼 채우는 적당한 정도를 지켜야겠다는 것이었다.
아이에 대한 욕심이나 기대를 너무 내려놓은 건 아닌지
지금도 미치도록 불안하지만,
딸아이의 질풍노도의 시기를 겪으며 가장 크게 깨달았던 건
그때그때 딸아이의 마음을 헤아려주고
스트레스에 공감하며 이해해주려고 애써야 한다는 사실이다.
그걸 깨닫고 노력한 덕분에 지금의 딸은
누구보다 자기 마음을 잘 알아주는 존재가
엄마라서 너무 다행이라고 말한다.

잠들기전
툭하고 내뱉은 딸의 말에
짱한 감동을 ㅣㅣㅣ

엄만 이 세상에서
나한테 제일 큰
힘을 주는 존재 같아
슬플땐 위로해주고
힘들땐 힘을 주고

지금은 언제 그런 시기를 겪었냐는 듯
말할 것도 없이 정말 친구 같은 모녀가 되었다.
물론 멀쩡하게 잘 지내다가도 여전히 그게 어느 쪽이든
한 번씩 수가 틀리면 까칠한 말들을 주고받기는 하지만
그게 바로 현실 모녀의 모습이 아닐까.
아이들마다 각자의 '지랄 총량의 법칙'이 있다고 한다.
그렇기 때문에 '내 아이는, 혹은 내 아이만 왜 이렇게 분노를
폭발할까?' 걱정할 필요가 없고, 또 반대로
'내 아이는 한 번도 나를 힘들게 한 적이 없는 참 착한 아이야'
안심해서도 안 된다.
그저 아이마다 다르게 찾아오는
분노 폭발의 시기가 잘 지나갈 수 있도록
아이의 마음을 잘 헤아려주고
따뜻하게 보듬어주고 감싸 안아주는 게
그 험난한 시기를 이겨내는
가장 효과적인 방법이 아닐까.

아이는 엄마를 자라게 한다

아이가 변화무쌍하게 성장하는 모습을 지켜보는
엄마 또한 엄청난 성장을 하게 되는 것 같다.
이전까지는 몰랐던 다른 시각으로 세상을 보게 되며
진정한 어른으로 성장하게 된다는 점,
그리고 아이를 통해
깨달음을 얻게 된다는 점으로 볼 때
아이는 엄마를 자라게 하는
영양분 같은 존재랄까.

응다
네 떠남이

아직은 새 발의 피 정도겠지만,
딸은 지금까지 성장하며 다방면에서
변화무쌍한 모습들을 보여줘왔다.
그리고 그런 변화의 시기마다
나에게는 아이에 대해 고민해야 할
새로운 문제들이 끊임없이 생겨왔던 것 같다.

"왜 남의 방에 허락도 없이 막 들어와?
지금 엄마랑 별로 말하고 싶지 않아.
내 말 잘 들어주지도 않으면서 도대체
나를 왜 낳은 거야? 엄마 미워, 나가!"

지금까지 딸의 인생에 있어서
처음으로 큰 변화가 있었던 시기는
분노가 가장 극적으로 폭발했던
초등학교 2학년 무렵이다. 그 시절
우리 집은 늘 큰소리가 현관문 밖을 넘어갔고
딸은 매일 악을 쓰며 울다 잠이 들었다.
그렇게 원수같이 싸우던 우리 관계가
전환이 되었던 사건이 있었다.

원래대로라면 방과 후 학교에서 영어학원 버스를 타고
곧장 영어학원으로 갔어야 할 아이가 학원 버스에 타지 않았다.
학교, 집, 영어학원은 차 아니고서는
어린아이가 혼자 이동할 수 없는 거리였기 때문에
걱정으로 머릿속이 하얘지며 눈물이 쏟아지는데, 불현듯
'학원 버스 대신, 학교 버스를 타고 집으로 오고 있지 않을까?'
하는 생각이 머리를 스쳐 지나갔다.
떨리고 간절한 마음으로 집 앞 하교 버스 정류장에 달려나가보니
저 멀리 학교 버스에서 딸이 내리는 모습이 보였다.
그때 나를 발견했던 딸은 흠칫 놀라며 주눅이 잔뜩 든 모습으로
어쩌지 못하고 울며 가만히 서 있었다.
그때 나는 딸아이의 눈물을 닦아주고는
있는 힘을 다해 꼭 안아주었다.
내 마음이 딸아이에게 잘 전해질 수 있도록
진심을 다해 따뜻하고 포근하게 말이다.

그러고는 말했다.

"아무 일 없이 와서 정말 너무 다행이야. 힘들었지?

집에 가서 간식부터 먹자."

간식을 먹는 딸에게 왜 학원 버스 대신 학교 버스를 탔냐고 물으니

"영어학원에 너무 가기 싫은데, 달리 방법을 모르겠어서."라고 대답했다.

그 사건으로 인해 무엇이 딸을 그렇게까지 영어학원을
싫어하게 만들었는지 처음으로 궁금해졌던 것 같다.
매일같이 전쟁을 치르면서도 왜 자꾸 반기를 드는지
한 번도 원인에 대해 생각해본 적이 없었는데 말이다.
딸이 그토록 영어학원을 싫어했던 이유는 단어 시험 때문이었고,
그것에 대한 스트레스와 압박감이 영어학원 자체에
반감을 만들고 있었던 것이었다. 원인을 깨달은 나는
곧장 단어 시험이 없는 학원으로 옮겨주었다.
그후로는 영어 때문에 싸울 일이 없었고,
딸은 꽤 오랫동안 큰 불만 없이 학원을 다니며
학년에 비해 높은 수준의 영어 실력을 갖추게 되었다.

그때 딸이 원했던 건 단지

엄마가 얼마나 자기를 이해해주고 배려해주는지

느끼고 싶었던 것이 아니었을까? 지금도 딸은

나에게서 자신에 대한 충분한 이해와 배려가 느껴지면

마음에 보답하듯 최선을 다해 열심히 해주는 것 같다.

그렇게 우리는 서로 이해하고 배려하며

미친 듯 밀어내던 시기를 지나, 서로에게 훅 당겨져

아주 가까운 사이로 잘 지내고 있다.

그렇게 나는 딸을 통해 배웠다.

상대방을 이해해주려고 할 때

비로소 나의 마음도 이해받는다는 사실을 말이다.

도와줄까?

아니 나 혼자 잘 묶어

그렇게 안 되던 혼자 머리묶기
원래 그랬던 것처럼 너무나
자연스럽게 혼자 머리묶기

딸은 어느 순간부터 그토록 연습해도 안 되었던 머리 묶기를
혼자 할 수 있게 되었고, 샤워도 혼자 할 수 있게 되었으며
혼자 슈퍼에 가서 물건을 사올 수도 있게 되었다.
뭐든지 그랬던 것 같다. 너무 사소한 문제들조차
내가 먼저 나서서 억지로 하게 만들었던 것들은
꼭 문제가 생기고 다툼이 되며 어려움을 겪었지만,
애써 의식하지 않고 흐르는 대로 두면 어느 순간 자연스럽게
도움 없이 혼자 문제를 해결하는 딸의 모습을 볼 수 있었다.
딸이 어려워하는 문제에 도움을 주는 것까지가 나의 역할이지
딸이 크게 문제 삼지 않는 부분까지 먼저 나서서
억지로 하게 하려면 꼭 탈이 났었던 것 같다.
그래서 나는 지금도 딸의 어떤 부분들은 너무 걱정이 되지만,
되도록 딸의 입장에서 이해해주려고 노력하며

불필요한 잔소리나 참견은 하지 않으려고 허벅지를 꼬집는다.
뭐든지 내가 시키는 대로 잘 따라와주던 딸이
온갖 불평불만을 가지고 반항을 하기 시작했을 때,
시도 때도 없이 달려와 내 품에 안겨 뽀뽀를 해주던 딸이
뽀뽀는커녕 내 뽀뽀를 피하기 시작했을 때에는
딸이 성장하며 훅훅 달라지는 모습들에
하염없이 낯설고 당황스러웠지만,
그때그때의 변화무쌍한 모습들을 자연스럽고
당연한 변화라고 생각하고 나니 모든 게 편해졌다.
사랑할수록 관심이 가는 건 너무 당연한 일이지만
그 관심이 지나치면 결국, 독이 된다는 걸 이제는 안다.

뽀뽀 한 번만 해달라고 하면
철벽치는 초등언니

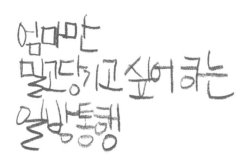

딸의 초등학교 4학년 무렵이었다.

엄마만 바라보던 딸아이에게 마음 맞는 친한 친구들이 생기면서

어떤 문제든 나보다는 친구들과 더 많이 이야기하기 시작했다.

왜 나보다 친구들과 더 많은 걸 공유하는지를 물었을 때

딸아이는 이렇게 대답했다.

"친구들은 엄마보다 나를 더 잘 이해해주는 것 같아."

그때 처음 느꼈던 독립적인 딸의 모습에 서운했다기보다는

언제 저렇게 컸나 귀엽고 대견하다고 느꼈던 것 같다.

그런 마음 때문이었는지 표정이 어두울 만한 이야기를 하고 있음에도

그림 속 우리를 보면 둘 다 웃고 있다.

아이의 성장에 혼란스러운 건 오히려 엄마인 것 같다.

아이는 건강하게 잘 자라고 있는데

엄마는 그 성장 속도를 따라가기 버겁다.

아이가 여러 측면에서 성장해나가는 걸 지켜보는 엄마 역시

다양한 깨달음을 얻으며 엄청난 성장을 하는 것 같다.

아이는 엄마를 여러 가지로 자라게 하는 영양분 같은 존재이다.

내 눈에는 아직 한참 어린아이지만
어느새 나와 함께 있는 시간동안에도
나와 눈 마주치고 있기보다는 친구들과
소통하는 시간이 더 많아졌고
자기만의 생각과 자신의 세계가
더 명확해졌음이 느껴지고
아직 완전하지는 않지만 자기의
판단과 페이스대로 행동하고 반응하는
인격체로 훌쩍 성장해버린 딸

뭐해?

그냥

몇 살까지 엄마아빠랑 놀아줄 거야?

딸아이는 어렸을 때 대부분 엄마나 아빠를
자신의 놀이에 참여시켰다. 그럴 때마다 외동이라 그런가
좀 짠하기도 했지만 솔직히 귀찮을 때도 있었다.
어느 날 놀이터에 같이 나가서는 자꾸만 같이 놀자던 딸에게
혼자 놀고 오라며 뒤돌아섰다가.
문득 '언제까지 엄마 아빠와 노는 걸 좋아해줄까?'라는 생각에
아차 싶었던 순간도 있다.
언젠가부터는 내가 같이 놀자고 해도
거부하는 시기가 반드시 올 테니까 말이다.
딸은 여전히 나와 동침을 하고 있지만,
솔직히 이 부분은 굳이 독립시키고 싶지 않다.
옆에 누워 자는 딸아이의 온기가 너무 따스하기 때문에.

나는 마땅히 혼내야 해서 혼냈다고 생각했고
필요에 의한 잔소리를 해왔다고 생각했는데,
딸이 마치 속사포 랩을 하듯이 묵혀뒀던 불만들을
쉴 새 없이 쏟아내던 날이 있었다.
딸의 이야기를 가만히 듣는데,
이게 참 어이가 없고 기가 막혔던 게 아니라
오히려 아무 대꾸조차 할 수가 없었다.
조목조목 하나도 틀린 말이 아니었다.
딸이 하는 이야기를 가만히 듣다 보니
어느새 나는, 나도 모르는 사이
먼저 살아왔다는 이유만으로 어른의 기준에 맞춰
비교하고 가르치려 드는 후진 어른, 한마디로 꼰대 같은
'어른질'을 하고 있었다는 사실을 자각하고
바로 반성 모드에 돌입했던 날도 있었다.
'어른이라고 무조건 아이보다 나은 생각을 하는 건 아니기 때문에
아이로부터 배울 점이 있다면 받아들이고 따라주어야
존중받는 어른이 될 수 있지 않을까.'라는 생각이 들었다.
아이에게 꼭 필요한 가르침을 위한 훈육과
불필요한 참견을 하는 훈수.
이 경계를 잘 구분하는 일은 참 어려운 것 같다.

66 엄마는 왜 나에 대해
다 알지도 못하면서 다
안다고 판단하고 다
아는척 얘기해?
그리고 내가 해야하는 건
알지만, 하기 싫은 날도
있는 거잖아. 하기 싫다고
안 하겠다는 건 아니잖아.
엄마도 꼭 해야하는 일인데
하기 싫어 싫다 싫다
하면서 다 하지 않아?
근데 하기 싫다
했다고 다 관두라니 99
너무한 거 아니야?

3

엄마는 걱정이 많아

매번 의심이 들고
수없이 되돌아보고 고민하지만
정해진 답은 언제나 없다.
엄마가 처음이라 서투른 것투성이지만
그저 아이를 위해 주어진 오늘에
최선을 다하는 것뿐.

아이를 키우는 데에도
마법의 레시피가
있었으면 좋겠다

엄마 뭐야?

응 마법의 수프

감히 말하자면, 누군가의 엄마로 산다는 것이 가장 어려운 일인 것 같다.

아이에 대한 다양한 고민들이 동시에 끊임없이 나타날 때마다

아직은 모든 걸 스스로 판단하기에 어린 딸 대신

내가 엄마로서 선택한 것들에 대한 확신이 들지 않기 때문이랄까?

공부와 성적, 인간관계, 스트레스,

체력과 능률에 대한 고민들이 매 순간 생겨나곤 한다.

아이의 자신감, 자존감, 위기감, 무력감,

행복감, 만족감 등 아이에 대한 고민을 하다 보면

'내가 엄마로서 잘하고 있는 걸까?'에 대한 고민으로 이어지는데

아마도 그건, 육아라는 것에는 정답이 없기 때문이 아닌가 싶다.

그래서 가끔 아이를 키우는 데에도

마법의 레시피가 있으면 좋겠다는 생각을 한다.

같은 음식을 만들더라도

레시피에 따라 완성된 맛이 달라지는 것처럼

아이를 키우는 데에도

정해진 대로만 만들면 최상의 상태로 완성되는

마법의 레시피가 있으면 얼마나 좋을까?

비록 내 자식이긴 하지만

결코 아이의 인생은 내 인생이 아니기 때문에

어떤 선택을 했을 때, 그 선택의 결과가

과연 적합한지 혹은 최선인지 판단하기가 더 어려운 것 같다.

間 사람과 사람 사이
사람이 사는 세상

더 사교적이고 더 적극적인
아이였으면 하는 이 마음
엄마의 욕심일까?

자신만의 세계가 강한 마이 웨이 스타일의 딸.
그래서였을까? 딸의 초등학교 1학년부터 3학년 때까지는
딸의 인간관계에 대한 걱정을 격하게 하던 시기였다. 뭐랄까.
딸은 본인이 좋아하는 놀이를 하고 있으면 친구들과 어울려 신나게 놀다가도
자신이 관심 없는 놀이를 하면 굳이 맞춰 어울리지 않고 무리에서 빠져나와
혼자서 하고 싶은 걸 택하는 편이었다. 게다가 상대방이 뭘 원하는지
재빠르게 알아채는 능력도 부족했고, 뭐 굳이 다른 사람들의 눈치를 보는
스타일도 아니었다. 사회생활에 문제가 있었던 것 아니지만,
나는 딸이 조금은 더 활발하게 친구를 사귀고 더 적극적으로
상대에게 어필하는 적극적인 아이였으면 하는 마음이 간절했던 것 같다.
친구와의 관계에 더 신경 쓰고 노력해서 많은 사람들 사이에서
주목받고 인정받는 것, 그게 사회생활을 잘하는 것이고
그것이 곧 딸의 자존감을 높여줄 것이라고 생각했다.

4학년이 된 후 아이는 자신과 코드가 맞는 친구들과 어울리며
즐겁게 학교 생활을 하기 시작했는데, 그때 깨닫게 되었다.
내가 딸에게 바라거나 요구했던 모습들은 그저 나의 딸이
어느 무리에서나 잘 어울리며 존재감이 확실한 '인싸'이길 바랐던
나의 바보 같은 생각이었다는 것을 말이다.
딸은 말 그대로 '마이 웨이 스타일'이고
이런 아이는 주도적인 무리에 속해 있지 않아도
전혀 불안하거나 스트레스를 받지 않는 성향이라는 것.
비록 자기가 원하는 게 다수의 스타일과 다른 방향일지라도
위축되거나 주눅들지 않고 자신의 성향에 맞는 스타일대로
밀고나가며 그걸 즐길 줄 아는 아이.
자기를 높이는 방법은 자기에게 맞게 스스로
터득하는 것. 딸에게서 배운 자존감이란 바로 그런 것이었다.

장염이 유행일 땐 장렴감기가 유행일 면 감기
목감기가 유행이라더니 어김없이 목감기도 고열나는 딸
유행에 너무 민감한 딸

딸의 체력에 대한 고민은 어렸을 때부터 지금까지
나에게는 참 해결되지 않는 난제이다. 딸아이는
동네 소아과와 학교 보건실 VIP라고 말할 수 있을 정도로
때마다 유행하는 온갖 질병은 다 앓고 지나가는
소문난 국민 약골이었다.
특히 1학년 때 심한 장염으로 인한 탈수로 병원에 입원했던
경험을 한 후로는 딸아이의 건강에 대한 염려증이 생겼다.
그래서인지 아이의 먹는 양에 집착하게 되었다.
양껏 먹어도 더 먹어야 할 것 같고
왠지 이슬만 먹고 사는 기분이 든다고 해야 하나.
평소보다 조금만 덜 먹으면 속이 안 좋은지 걱정되었고
조금만 피곤해하면 몸살은 아닌지,
코가 조금만 막혀도 비염이 심해진 건 아닌지 걱정되었다.

엄마, 내가 그럴정도로
안 먹지는 않아 ㅋㅋㅋ

요즘 네가 너무
잘 안 먹어서 너무
걱정이야

엄마 눈엔 네가
이슬만 먹고 사는
기분이야

이런 엄마의 유난함에 저학년 때보다는 많이 강해졌지만
지금도 스트레스를 받을 때면 어김없이 장염을 앓곤 하는 딸.
결국은 마음의 면역력이 떨어지면,
몸의 면역력도 떨어지는 게 아닐까.
내 딸은 스트레스에 약한 엄마를 닮지 않았으면 하는 마음과
스트레스 없는 세상에서 살 수 있었으면 하는 마음이 간절하다.

면역력 잡으러 가자

• 외부에서 들어온
• 바이러스에 저항하는 힘

매일매일의 삶 속에서
면역력 회복법을 찾아보자

딸은 언젠가부터 SNS를 통해 여러 사람들과 메시지로
깊게 대화를 주고 받으며 친분을 맺고 있다.
세상이 워낙 흉흉한지라 얼굴도 모르는 이상한 사람들에게
노출되는 건 아닌가 걱정이 되었다.
많이 혼란스러웠지만, 그냥 모르는 척하기로 마음먹었다.
그저, SNS 상에서 알게 된 사람들은 아이디로 소통하는 익명이며
사진조차 도용일 수 있으며
따라서 실제로 어떤 사람인지 알 수 없다는 것.
그렇기 때문에 함부로 호감을 주게 되면
예기치 못한 상황에 상처받을 일이 생길 수 있으니
스스로 판단하여 적당한 선을 지켜야 한다고 설명해주었다.
사실, 궁금하고 불안했지만 애써 모르는 척,
어떤 메시지를 주고 받는지 모른 채 알아서 하게 두었다.
두 달 정도 몇몇 사람들과 SNS 메시지를 주고 받던 아이는
시간이 지남에 따라 별 게 없다는 걸 스스로 느끼게 되었고
본인의 취미인 그림 그리기에 필요한 정보를 주고받는 데에만
사용하게 되었다.

딸이 보는 유튜브에 대한 걱정도 있었다.

무분별한 콘텐츠로 인해 잘못된 것들을

필터링 없이 받아들이게 되는 건 아닐까 싶었다.

하지만 나는 크게 제한을 두지는 않기로 했다.

이전에 딸이 여러 분야의 지식들을 쏟아낼 때

깜짝 놀랐던 적이 여러 번 있었는데,

그때의 모든 정보는 다 유튜브에서 얻은 것들이었다.

딸아이를 보며 새로운 세대의 문화를 받아들이고

존중해줘야겠다고 생각한다. 유튜브의 사용 또한

SNS와 마찬가지로 마음껏 사용하게 허락해주었다.

딸이 그 자유를 누리며 스스로 통제할 수 있기를 바라서였다.

그 때문일까?

딸아이는 지금 정보성, 오락성 콘텐츠를 자유롭게 넘나들며

절대 과하지 않은 적정 선을 지키며 유튜브와 SNS 사용을 하고 있다.

언젠가부터 딸은 알아듣지 못할 외계어들을 남발하기 시작했다.

그 외계어들은 요즘 아이들이 쓰는 다양한 신조어들이었다.

친구들과의 대화를 듣다 보면, 말인지 방구인지 외국어인지 외계어인지

도통 알아들을 수 없는 말들이 꽤 많았다.

딸이 즐겨 보는 유튜브 채널에서도 신조어 대화가 자주 나왔다.

소위 '급식체'라고 불리는, 뭐든지 다 줄여 말하고 쓰는 딸을 보며

그게 도대체 무슨 말투냐며 제대로 말하고 쓰라며 잔소리했던 적도 있었다.

초성만으로 대부분의 대화가 가능한 요즘 초딩들의 언어.

결론은 내가 받아들이기로 했다. 예전의 나 또한 엄마는 질색하며

쓰지 말라던 의미 없는 단어들을 아무 생각 없이 내뱉던 시절이 있었기에,

아이가 가끔 사용하는 '급식체' 정도는 이해해주려 한다.

사투리도 처음에는 대부분을 알아들을 수 없지만

자꾸 듣다 보면 귀에 익숙해져 잘 들리게 되는 것처럼

마치 외계어같이 들리던 급식체도 계속 듣다 보니

대부분은 이해할 수 있게 되었다. 새로운 세대의 새로운 형태의 언어라고

가볍게 받아들이고 나니, 나도 그들의 언어를 가끔 쓸 때도 있고

왠지 나도 요즘 세대 같은 기분이 들며 인싸가 된 듯한 기분이 들었다.

초성으로만 답하는 우리 딸
세종대왕님 죄송합니다

헐

이용자웃
야옹야옹
니은니은
ㅋㄷㅋㄷ

" 엄마가 네 편이라 생각해 네 편이 하나라도 있으니 든든하게 생각해 "

어느 해에는 딸의 성향과 너무 다른 분이 담임 선생님이셨던 적이 있다.
스타일이 너무 맞지 않아서였는지 딸은 담임 선생님의 말씀이나 행동에
겁을 먹으며 두려워하기 시작했고, 학교에 가는 걸 너무 불행하게
생각하기까지 했다. 사실 학원이면 내 아이의 성향에 맞춰
다른 곳으로 바꾸거나 하는 등의 대안을 찾아봤겠지만
학교 담임 선생님과의 문제는 피할 수 있는 문제가 아니기 때문에
선생님께 무조건 맞추거나, 적당히 피하거나,
스스로 견딜 수 있는 적당한 정도를 찾아 적응해야 할 문제라 생각했다.
그때, 딸에게 무슨 말을 어떻게 해줘야 좋을지 참 고민이 되었다.
얼마나 힘들었을지 일단 아이의 마음에 공감을 해주었다.
세상에는 너무나 다양한 사람들이 존재하고 그 모든 사람이
나와 다 맞을 수는 없는 거라고, 선생님도 그 수많은 사람들 중
너와 맞지 않는 사람일 뿐이지 두려운 존재가 아니니
선생님 말씀을 존중하고 존경하되 두려워할 필요는 없다고,
선생님의 말씀이나 행동 하나하나에 크게 의미 두지 말고 걱정하지 말라고,
다른 건 몰라도 그 수많은 사람 중 엄마는 무조건 너의 편이니
언제나 마음속 깊이 든든하게 생각하고 안심하라며 담담한 척 말해줬지만,
그날 난 늦게까지 잠을 이루지 못했다.

내가 나서서 무언가를 해결한다면 딸은 앞으로도 인간관계에 있어서
풀기 어려운 문제가 생길 때마다 스스로 해결하지 못하고 내 뒤에
숨을 거라는 생각이 들면서도, 아이 스스로 적응해보라며 그냥 두자니
너무 마음이 아팠다. 아이에게 무슨 일이 생기면 잘 들어주고 다독여주며
거친 비에 젖지 않도록 잘 보살펴줄 수 있는 용기와 지혜가 필요한데,
난 그런 내공과 지혜가 부족해서 어쩌지를 못하고
버벅거릴 때가 더 많은 것 같다는 마음에 생각이 많았던 밤이었다.

LITTLE
MESSRI
TARDANDO

기타 대신
책만 늘었을 뿐
영락없는 베짱이
"

빨리좀 움직여!!!

나 큰벵이 아니거든!!

초등학교 내내 딸의 집중력이나 학습 태도에 대한
고민이 끊이지 않았다. 우리 딸은 정말이지 왜 공부를
자발적으로 할 수 없는 것인지. 기력이 딸리는 건 아닐까.
그래서 집중력에 문제가 있는 건 아닐까.
뭔가 해야 할 일을 시작하려 할 때마다
시동 걸기가 왜 그렇게 어려운 일인 건지,
왜 그렇게 느려 터져 속을 터지게 만드는 건지
고민되던 순간들이 참으로 많았다.

멍해지는 순간이 있다 그럴 땐
윽박질러도, 타일러도 안 되는 마의 시간

나는 누구
여긴 어딘가

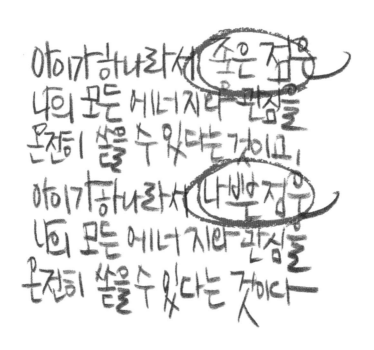

아이에 대한 이런 수많은 고민들이 끊임없는 이유는,
'어쩌면 아이가 딸 하나이기 때문이 아닐까.'라는 생각도 했다.
모든 시간과 에너지와 관심을 온전히 딸에게만 쏟을 수 있다는 건
언제든 딸에게 빈틈 없이 꽉 채운 사랑을 줄 수 있다는 게
큰 장점이지만 반대로, 모든 시간과 에너지와 관심을
온전히 딸아이에게만 쏟을 수 있다는 건
지나친 관심에서 비롯된 불필요한 감정 소모를
서로가 감내해야 한다는 것이 아주 큰 단점이 되는 것 같다.

엄마
나 힘들어

눈 앞에 잔뜩 꼬여 있는
털실을 풀고 풀고,
풀리면 또 꼬여 있는 부분이 생겨
또 풀고 풀고 푸는 걸 무한 반복한다.
잔뜩 꼬여 있는 문제들이
아이 앞에 끊임없이 생기고
엄마는 아이가 편해질 수 있도록
끊임없이 꼬이는
그 문제들을 해결하기 위해
자신을 끊임없이
채찍질하며 일으켜 세워
아이를 이끌어주려고 애쓴다.
엄마로 산다는 것,
참 버겁지만
그래서 때론 다 놓아버리고 싶지만
절대 지치면 안 되는
그런 삶을 사는 것 같다.

엄마로 산다는 건
엄마라면
누구나 하는 것이지만
참 어려운 일인 것 같다

기다려봐
엄마가
잘 풀어볼게

"해답을 같이 찾아보자 딸아—"

정답은 정해진 답만 보이지만,

해답은 답이 나오는 과정이 함께 보이는 것이라 생각한다.

힘들지만 답을 찾아 노력하다 보면 결국 해답을 찾을 수 있지 않을까?.

다양한 문제들이 우리 앞을 가로막을 때마다

딸에게 올바른 지침을 줄 수 있는 지혜를 가졌으면 좋겠다는 생각은

언제나 간절하다. 내 인생조차 제대로 살기 어려운데, 자식일지언정

다른 누군가의 인생을 결정해서 끌고 간다는 건 너무 부담이 되기에

어려운 것 같다. 나 지금 잘하고 있는 건가. 잘 이끌어가고 있는 건가.

매번 의심이 들고 수없이 되돌아보고 고민하지만

육아에 정답은 없다고 생각한다.

그저 주어진 오늘에 최선을 다하는 것뿐.

사랑으로 바라보며 열심히 물을 주고 좋은 거름도 주고 햇빛도 듬뿍 쬐어주며
소중히 소중히 가꾸었는데, 아이가 내 생각만큼 쑥쑥 자라지 않거나
금방 열매를 맺지 않는 것 같아 속상한 날들이 많다. 생각해보면 육아처럼
시간과 수고를 들인 만큼 결과가 바로바로 나타나지 않는 일도 없는 것 같다.
그래서 어떨 때에는 밑 빠진 독에 물 붓기 같기도 하고, 이래저래 지치고
힘들 땐 무너져버리기도 한다. 언젠가는 오래전 뿌렸던 씨앗이 싹을 틔우며
아이에게서 조금씩 자라고 있었음을 발견하는 기쁜 순간은 분명 온다고
나는 믿는다. 나는 오늘도 참을 인忍 자를 이마에 새겼다.

이제 제발
연필 좀
잡아주면
안되겠니?

4

딸에게
공부라는 것은

....

딸이 자발적으로 연필을 잡고
공부를 시작한다는 것은
마치 천지가 개벽할 만큼 어려운 일.

멀쩡하다가도 숙제하라는 나의 한마디에
"엄마 싫어! 진짜 싫어!!"를 백만 번 외치던 딸.
숙제가 끝나니 언제 그랬냐는 듯 다가와
사랑한다며 뽀뽀를 해주던 딸.
딸에게 숙제라는 것은
마치 늑대인간이 보름달을 보면 늑대로 변했다가
보름달이 지면 다시 사람의 모습으로 돌아오는
그런 느낌이었다고나 할까?

연필만 잡으면
호전적으로 변하는 우리딸

싸우자
다덤벼

69

원래 낮잠은
시험공부 할 때
자는 거잖아요

엄마나 오늘따라
왜 이렇게
졸리지?
낮잠 좀 잘게

연필만 잡으면
그 순간부터 돌변하여
묻지도 따지지도 않고
싸우자고 덤비기 시작하는 것은 물론이거니와
생전 자지 않던 낮잠을 두 시간이나 자던 때는
꼭 공부를 해야만 하는 시험 전날이었으며
어제는 이래서, 오늘은 저래서 못하고
매일 다른 이유로 미루고 미루다보니
쌓이고 쌓여서 뭘 어디서부터 어떻게 시작해야 할지
모르는 지경이 되어서야 시작하게 되었던 것.
그것은 바로 숙제.

쌓이고 쌓이다 보면 폭망.
숙제란 것은

수학

일기

독서록

논술

영어

일기

영어

수학

수학

숙제를 생각하면 없던 알레르기도 생겼다.
늦잠은 상상도 할 수 없는 아침형 인간의 아이였는데
숙제를 피하기 위해 아침에 깨워도 깨워도
절대 일어나지 않는 일이 생기기도 했다.
반대로, 숙제를 빼주거나 줄여주면
갑자기 기분파가 되어
사랑을 고백하거나 용돈을 주기도 했다.

네 열정에 대한 오해

한번은 이런 적도 있었다.
학교 중간고사를 앞두고
시험 범위를 함께 봐주신 후
끝나고 나가시는 과외 선생님께서
딸아이가 이번 시험을 불태우겠다고 했다며
기대가 된다는 이야기를 하시길래,
나는 잔뜩 기대에 부풀어
딸에게, 드디어 네가 마음을 먹었구나,
그래, 시험 준비
제대로 한 번 불살라보자고 했더니,
웬일….
시험 공부에 대한 열정을
불태운다는 게 아니라
시험지를 불태워버리겠다는 이야기였다고…

아……

내가 딸의 열정에 대한
괜한 오해를 했구나 싶었던 날이었다.
이런 오해, 누구든 할 수 있는 거지.
그럼, 그렇고 말고.
(feat. 내가 웃는 게 웃는 게 아니야)

이번 시험준비 불태워 버린다고 했다며?
그래 한번 불살라보자!!!

음 시험공부에 대한 열정을 불태운다는게
아니라 시험지를 불태워 버리겠다는
얘기였어

시험 기간이라 공부를 해야 했는데, 너무 멀쩡하다가 막상 시작하려니
갑자기 눈이 너무 간지러워서 도저히 눈을 뜰 수가 없다는 거다.
분위기 전환을 위해 나는 못 들은 척 조용히 TV 리모콘을 가져와
TV를 켰을 뿐이었는데, 질끈 감아 절대 떠지지 않던 눈이
번쩍 뜨이는 기적이 일어난 날도 있었다. 그때 나는 마치
심봉사의 눈을 뜨게 한 심청이 된 기분이었다. 참으로 한심하지만,
딸의 한결같음이 새삼 귀엽다고도 생각했던 것 같다. 그 귀여움에 넘어가
30분 TV 시청을 함께하고 시험 공부를 했던 일도 기억이 난다.

눈이 간치러워
도저히 눈을 뜰 수
없다던 딸

단지 TV를 찾을 뿐인데
심봉사의 눈을 뜨게 한
심청이 된 기분

간식 먹고 나면 하겠지
TV 좀 보고 나면 하겠지
그림 좀 그리고 나면 하겠지
강아지랑 좀 놀고 나면 하겠지
똥 다 싸고 나면 하겠지
했는데 문제집 펴자마자
잠이 쏟아진다며 낮잠을 자네

딸램이 숙제 시작하기를
하염없이 기다리다 기다리다
화석이 되었다는 전설의 돌
이름하여 망숙석

이처럼 공부 한번 시작하기가 뭐 그리 힘든 건지
예열하는 데에만 오만 년이 걸리던 딸.
딸아이 숙제 시작하기를 하염없이 기다리고 기다리다 지쳐
화를 내거나 포기를 한 날도 수없이 많았다.

"원래 부모자식 간에 사이 나빠지는 게 다 공부 때문이여"

우리 딸은 연필을 잡으려면 그 순간 정말 희한하게
배가 아프거나 눈이 간지러워지고 세상 피곤이 몰려오고
눈꺼풀이 무거워졌으며 목이 마르거나 배가 고파지고
참을 수 없을 만큼 화장실이 급해졌고
갑자기 온 우주의 분노가 쌓인 듯 호전적으로 변하며
그렇게 겨우 잡은 연필로 숙제를 시작하려면
시동 걸리는 데 또 한~~~~참 걸리곤 했다.

애기가
짧어다
쪼끄만게
공부한다고

바로학원
가는날이야

'하늘은 스스로 돕는 자를 돕는다' 라는 말이 있듯이
딸에게서 자기의 할 일을 스스로 하겠다는 다짐을 받고
그 마음을 응원하기 위해 그렸던 그림이다.
스스로 알아서 척척 할 수 있게
자비를 내려달라고!

딸의 학업 능률이 오르지 않았던 데에는, 스스로 뭔가를 잘해야겠다는
마음을 먹지 않는 데에서 오는 문제가 있는 것도 사실이었다.
자신에게 주어진 일상 속의 일들에 책임감을 가지고 해야 하는데,
그러기엔 어려서였는지 혹은 이뤄내고 싶은 게 없어서였는지
'책임감이 너무 없는 게 문제가 아닐까.' 하는 생각이 들었다.
어린 왕자에게 장미가 소중했던 것처럼, 그게 무엇이든 그것을 이루기 위한
과정과 수고가 쌓이다 보면 하기 싫었던 일도 익숙해지기 마련이고
익숙해지다 보면 엄두도 안 나게 어려웠던 일이 조금씩 조금씩
쉬워지는 것이 아닐까. 뭔가를 이루기 위한 그 과정과 수고를
나는 책임감이라고 생각했다. 그래서 나는 아이가 스스로 뭔가
책임감을 가지고 하려는 자세를 만들어주고자 많이 노력했다.
뭐든 자기 스스로 해야겠다는 생각이 들기 전까지는 아무리
혼내거나 다그쳐도 그저 잔소리가 될 뿐이라고 생각했기 때문이다.

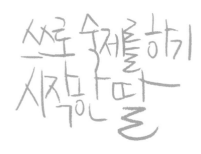

스스로 숙제를 하기 시작한 딸

내가 조금 답답하더라도 스스로 책임감을 가질 수 있도록
일일이 딸의 일상을 체크하며 참견하던 걸 내려놓고
내버려두기 시작했던 때가 있었다.
그러자 아이도 뭔가 불안했는지
스스로 숙제를 찾아 하기 시작한 때도 있었다.
안타깝게도 그 시기가 오래가지는 못했지만
딸은 이 과정을 통해 스스로 '책임감'이라는 것을 느끼게 되었고
그때 처음으로 '공부'라는 것에 대해 진지하게 생각하기 시작했던 것 같다.
'공부는 왜 해야 할까?'
'공부를 잘하고 싶은데 하기가 싫은 건 왜일까?'
'수학은 정답이 딱 떨어져서 재미가 없네.'
'나는 그림을 잘 그리는데 공부도 잘해야 되나?'
'나는 그림을 그리는 게 좋은데 왜 공부를 해야 하지?'
이처럼 수많은 생각을 하며
스스로에게 질문을 던지기 시작했던 것 같다.

그렇게 지내던 어느 날이었다.

딸아이가 나에게 공부에 대한 솔직한 심정을 털어놓기 시작했다.

그림 그리는 걸 제일 행복해하는 아이가

공부는 왜 해야 하는지, 왜 잘해야 하는지 묻는 단계를 지나

공부를 해야 한다는 것도 알겠고, 잘하고자 하는 생각이 드는 단계에

이르렀지만, 그럼에도 결국, 하기가 싫었던 이유는 무엇이었을까?

딸아이는 그림에 재능이 있고 그림을 좋아하는 것은 알지만,

공부는 그림과 연관성이 없다고 생각했기 때문이었던 것 같다.

사실 나도 같은 질문을 가지고 살아왔다.

왜 모든 아이들이 똑같이 '성적'이라는 잣대만으로 평가받아야 하는지

여전히 잘 이해가 되지 않지만, 그걸 평가의 기준으로 삼는

제도 안에서 최선은 다해보는 게 맞으니,

하는 데까지 최선을 다해보자고 말했다.

조금이라도 딸아이의 마음에 와 닿을 수 있는 이야기를

해주고 싶어 고민을 하다가,

꽃을 피우는 것에 비유해서 이야기를 했다.

"원하는 꽃을 피우기 위한
밑거름 이라고 생각하자"

"네가 하고 싶은 걸 꽃이라고 하자.
네가 그 예쁜 꽃을 피우려면 단단한 밑거름이 있어야 하는데,
그게 바로 공부야. 네가 원하는 일을 하기 위해
더 좋은 조건을 만들어줄 단단한 밑거름이 되는 것.
힘든 거 너무 아는데, 네가 원하는 꽃을 아름답게 피우려면
좋은 흙이 있어야겠지? 잘해보자.
할 수 있는 데까지는 해보자. 알겠지?"
그 이야기를 들은 딸은
살짝 힘은 없어 보였지만
수긍을 하고는 조용히 방에 들어가
문제집을 펼쳤던 기억이 있다.

엄마의 욕심으로
그릇의 크기를 키우기 보다
아이가 만족하는
그릇에 꽉 채워주는
것이 중요한게 아닐까

거기 좀 작은것
같지 않아?
엄마 있는곳 점보는
되야하지 않을까?

엄마
여기딱좋아
너무
만족스러워

내 욕심으로 정한 기준에 맞춰 따라가다 보면
딸의 멘탈이든, 건강이든 꼭 탈이 났기 때문에
사실 나는 좀 일찍부터 많은 걸 내려놓았다.
공부에 대한 내 욕심을 말이다.
내 아이가 감당할 수 있는 그릇의 크기에
맞춰주는 것이 옳다고 생각하지만
아이에 대해 너무 일찍 내려놓은 건 아닌지
엄마로서 너무 안주하는 건 아닌지
아이의 그릇 크기 자체를 키워줘야 하는 건 아닌지
지금도 여전히 불안하고 확신이 들지는 않는다.

그날을
기다리며.....

지안아 행복해? 응 왜? 그냥 네가 행복해야 엄마도 행복하니까
갑자기 왜 물어봤어? 그냥 엄만 가끔 걱정이 되서. 뭐가? 음...네가
공부를 싫어하는 것 같아서... 공부는 엄마가 억지로 시킨다고 되는게
아니라서 쭉 너를 믿고 기다리는 중인데... 네가 해야겠다 마음
먹는 날이 오겠지. 응 엄마가 너 기다려주고 있는거 알고 있지? 응

아이는 정말이지 계단식으로 꾸준히 성장하고 발전한다.
무언가를 아무리 노력해도 발전 없이
제자리걸음을 하는 것만 같아서 답답하고 힘이 빠지다가도
어느 순간 훅 치고 발전해 한 단계 올라선 아이의 모습을 보면
놀랍기도 하고 대견하게 느껴지기도 한다.
결과가 바로 나타나지 않더라도 지치거나 포기하지 않고
믿고 지켜보며 아이를 지지해주는 건 참 어려운 일이다.
웬지 아이가 제자리걸음인 것 같을 때, 엄마의 역할이 부족해서가
아닐까 하는 죄책감에서 시작되는 조바심 때문인가 싶다.

'아이마다 끓어오르는 온도가 다를 뿐, 언젠가는 끓어오를 테니까….
마치 음식처럼 온전한 자신만의 속도로 잘 익혀서
결국, 맛있게 완성될 테니까…,'
인내심을 가지고 천천히 기다려주는 것밖에
할 수 있는 게 없다.
내 마음 같아선 처음부터 강불로 놓고
빨리 끓어올라 금방 팔팔 끓었으면 좋겠지만
딸아이는 초초초초초 약불로 아주 서서히 미미하게 끓기 시작한다.
내 아이의 행복을 위해, 아이의 그릇을 믿고 기다려주기로 다짐한다.

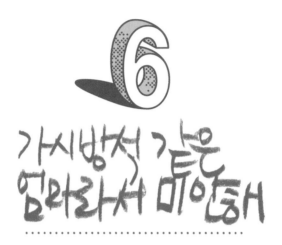

6
가시방석 같은 엄마라서 미안해

딸에게 나는,
그저 덮으면 편안하게 쉴 수 있는
포근한 담요 같은 존재가 되어주고 싶은데,
잠깐 앉아도 자꾸 재촉하고 다그치며
눈치가 보여 편히 쉴 수 없는
너무 쓰라리고 따가운 가시방석과 같은
존재가 되고 있는 것 같아서
마음이 아프고 속상하다.

유난히 모든 일에 의지가 없고, 모든 게 다 싫고 불만만 많은
무기력한 모드의 딸의 모습과 수시로 만난다.
그런 딸을 지켜보다 보면 급격히 현타가 오며
두려움과 걱정이 훅 하고 몰려온다.
그런 때에는 딸을 바라보는 나의 시선도 유난히 예민해지고
무기력한 딸을 채찍질하며 끌어가야 한다는 부담감이 생기며
안타깝고 속상한 마음과는 다르게 냉정하고 차갑게 혼내게 된다.

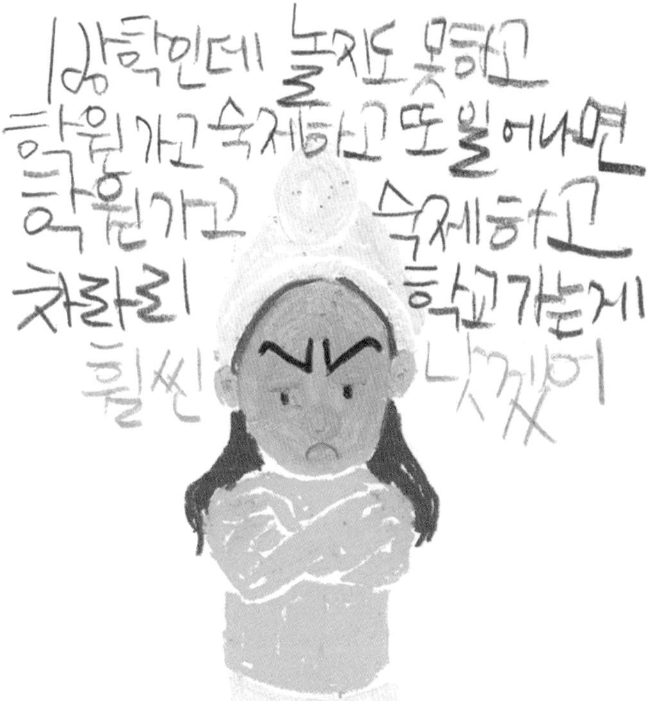
방학인데 놀지도 못하고
학원 가고 숙제하고 또 일어나면
학원 가고 숙제하고
차라리 학교 가는게
훨씬 나겠어

똑바로 해
너만 힘든거 아니고
모두가 다 똑같아

고학년이 된 후로는 예중 입시 준비로
아이의 하교가 늦어져 물리적인 시간이 너무 부족했다.
딸이 체력적으로나 정신적으로 힘든 상황인 걸 알았으면서도
산더미처럼 쌓인 할 일들을 보면 마냥 둘 수만은 없었기에
눈앞의 상황들을 헤쳐나갈 수 있도록 채찍질을 해서라도
앞으로 조금씩 조금씩 나아가게 만들 수밖에 없었다.
그 당시 딸아이의 마음을 알았지만, 애써 그 마음을
모른 척하며 악역을 자처할 수 밖에 없었다.

너무힘들어

'딸아 좋은 약은
원래 입에
쓴거랬어'

딸은 나의 마음을 알 리가 없었겠지만,
사실은 나도 딸의 스케줄이 촉박해지면 한없이 우울해졌다.
아이가 초를 치는 스케줄을 소화하다 보면 힘들어지는 건
너무 당연했고, 그렇게 되면 나는 또 채찍질을 할 수밖에
없어지는 그런 상황들이 반복되었기 때문이다.
매일매일 초와 다투는 딸을 바라볼 때면 한없이 짠해졌다.
누구보다 딸의 행복을 바란다면서 이렇게 채찍질하고
쪼는 게 맞는 건지 끊임없이 고민이 될 수밖에 없었다.

'너의 스케줄이
빡쎄지면
엄마는
우울해져'

매일매일
초와다투기

아 힘들어
언제까지
초를 다투어야해?

SALT

'딸,
너한테
짠대나,

으하하
신난다~
더 풀어줘~

스트레스 풀어주려고
좀 풀어줬더니
한없이 풀어지기만
하려는 부작용이
생기다니 그으

채찍질을 하며 달리게 했다가도
짬이 생기면, 아니 너무 달렸다 생각이 들 때마다
없는 짬도 만들어 풀어주며 아이에게
스트레스를 해소할 시간을 주는 편이었다.
늘 완급 조절이 필요하다고 생각하기 때문이었다.
이게 참 어려운 게, 조금씩 조금씩 풀어주다 보면
어느새 훅 하고 풀어져 (훅 하고 풀어지는 건 한순간인데)
그걸 다시 돌려 감아 원래의 페이스로 돌아오게 하는 데에는
한없는 시간이 걸리는 부작용이 생기기 때문에
어느 정도로 풀어줬다 조였다를 해야 하는지,
아직도 감이 잘 오지를 않는다.
조일 땐 조이기만 한다고 힘들어하고
풀어줄 땐 한없이 풀리기만 하려 들고
딸과의 밀고 당기기는 영원히 계속되는 것만 같다.

한번은 이런 적도 있었다.

"넌 글을 쓰거라. 에미는 떡을 썰 테니." 이야기 속 석봉이와
석봉이의 엄마처럼 너무 하기 싫지만 매일 꼭 해야만 하는,
(나에게는 설거지, 딸에게는 숙제와 같은) 지겨워서 손도 대기 싫은 일들이 있다.
하지만 태어난 김에 살렸다고 뭐든 피할 수 없는 주어진 매일의 과제는
해결하며 살자 그뿐인데, 뭐든 무기력하고 아무런 의지가 없어 보이는
딸을 보면 나 또한 현타가 오기도 했다. 무기력한 딸의 고삐를
잡아 묶어야 하는 내 심정은 이루 말할 수 없이 복잡하고 안타까웠다.

입시를 준비하던 어느 날, 딸이 나에게 물었다.
"엄마, 나는 도대체 언제까지 이렇게 살아야 해?"
태어나서 지금까지의 인생이 재미가 없다고….
해도 해도 끝이 없는 것만 같고, 주어진 일상 속 과제들이 눈앞에 나타나고
몸과 마음이 자꾸만 무기력해지는데, 엄마는 그걸 가만히 두지 못하고
자꾸만 재촉하고 꾸짖는 것만 같이 느껴진다고 했다.
그때 사실은 나도 무슨 말을 해야 할지 몰랐다. 딸의 행복을 위한다고
시작했던 입시 준비지만, 그렇게 힘들어하던 딸의 모습을 보며
누군가의 인생을 감히 내가 대신 결정하고 인도해 끌고 가야 한다는 게
엄마로서의 책임이면서 큰 부담이 된다는 생각을 또 한 번 하게 되었다.

'원래 좋은 약은 입에 쓴 거야.'
'너에게 피가 되고 살이 되는 이야기는 원래 듣기 싫고 힘든 거야.'
쓴소리를 합리화해보기도 한다.
딸은 정말 모를 거다. 사실은 쓴소리를 하는 엄마의 입도
얼마나 쓴지, 얼마나 힘든지 말이다.
나도 내가 엄마가 되기 전에는 절대
우리 엄마의 마음을 알지 못했던 것처럼 말이다.

CASTING

:세상제일악역
(엄마지모)

나에게 '착한 엄마 증후군'이 있는 건 아닐까.
딸에게 잔소리를 하는 내 자신이 너무 싫었다.
왜 그런 이야기가 있지 않나. 막 공부를 시작하려고 했는데
공부하라는 이야기를 듣는 순간 하기 싫어진다고….
뭔가 하려고 마음 먹는 순간 엄마가 뭐라 한마디하면
그게 잔소리 같고 쓸데없는 참견 같아서 괜히 반항심이 생기며
갑자기 하기 싫어지는 경험. 학창시절 나 역시 잔소리에는 그렇게
반응했었으니까. 그 마음을 너무 알기에 나는 딸에게 잔소리를 하는 게,
재촉하는 게, 모진 말하는 게 너무 싫어서 그냥 모른 척하기도 했다.
뭔가 알아서 하지 않아도 그대로 그냥 두는 게 맞는 건지
잔소리를 계속하며 챙기는 게 맞는 건지는 여전히 모르겠다.
나에게 잔소리를 듣는 딸도 너무 괴롭고 싫겠지만
잔소리를 하는 나도 똑같이 괴롭고 싫다는 건
아마 모를 거다.
"엄마는 악역하기 정말 싫어!
난 그냥 좋은 엄마만 하고 싶다고오!!"

어느 날 딸이 그랬다.

엄마는 참 신기하다고···. 나쁜 엄마로 변신하는 데 3초밖에 안 걸린다고···.

돌이켜 생각해보니 뭔가 내 체력적으로 한계가 왔을 때나

다른 일로 인해 정신적으로 피곤할 때,

평소보다 화력이 강하게 아이에게 폭발한다는 사실을 깨달았다.

그런 경우에는 대부분 아이를 훈육하기 위한 잔소리라기보다는

나의 컨디션 난조에 따른 폭발이었다고 할까?

그렇게까지 화낼 일이 아닌데 불같이 화를 내기도 했으니,

미친 듯 분노하던 나를 보며 딸은 무슨 생각을 했을까?

그동안 나만 딸을 위해 참아왔다고 생각했지만

때론 딸도 나를 위해 참아온 날도 많았겠다는 생각이 들었다.

물론 나도 사람인지라 내 컨디션에 따른 기복이 있겠지만,

아이가 단순히 나의 화풀이 대상이 되게 하는 일은 없어야겠다고

다짐했던 순간이었다.

체력적으로 방전이 되는 바로 순간 내가 헐크가 되는 순간—

똑바로 못해!!!

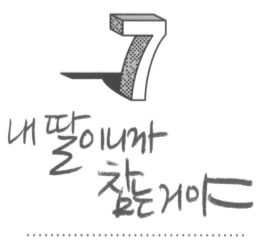

7

내 딸이니까 참는 거야

하기 싫은 걸 하는 (주로 숙제)
딸아이의 비위를 맞춰주며
참고 참고 또 참을 때 나의 기분은
마치 진상 고객을 응대하는 기분이랄까?
단지 힘들다를 넘어서 힘들고도
더럽고 치사한 기분이 들 때도 있다.
하지만 너는 내 딸이니까.
나는 너의 엄마니까 참는 거야.

이것은 샌드백을 치는
소리가 아녀
내가슴을 치는
소리여

퍽퍽

하염없이 늘어지고 끊임없이 미루고
초점 없이 멍 때리는 딸을 가만히 보고 있자니
입이 근질근질, 속이 부글부글
마음속 분노가 차오르는 게 느껴졌지만
퍽퍽퍽! 답답한 마음에 가슴을 쳐봤다.
마음속으로….
숨을 크게 들이마시며 호흡을 가다듬어보았다.
참아보려고….
그러다 보니 내 가슴 속에는 사리가 백만 개쯤 있는
것만 같았다. 가슴 속 사리를 모아 엮으면
진주 목걸이 열 개는 충분히 만들 수 있지 않을까 싶기도 했다.

내가 만일 조개였다면
진주 하나 만들겠어요
반짝 반짝 빛나는 예쁜 진주를
예쁜 진주 만들어 꼭 품에 드리겠어요

※ 이 화면은 부글부글 끓고 있는
엄마의 심정을 나타내는 화면입니다.

내가 엄마로서 스스로를 칭찬하고 싶은 부분은
조금은 잘 참아주는 엄마라는 점이다.
뭐랄까. 그게 처음부터 된 건 아니었는데
나는 성격 자체가 워낙 급해서
빨리빨리 댕댕거리는 게 습관처럼 굳어버렸고
반대로 딸은 성격 자체가 느긋하고 여유로운 편이다.
그래서인지 내 관점으로 바라볼 때, 딸은 너무 느리고 여유롭다 못해
답답하다. 나는 그 답답함을 견디지 못해 매번 화가 쌓이고
그 분노를 조절 못해 폭발하고 다그치고 나무라고 싸우곤 했었는데,
그래봤자 문제를 해결하는 데에는 도움이 1도 안 되고
오히려 감정 싸움으로 소모하는 시간만 길어진다는
생각이 들면서부터는 잔소리 한 번, 다그침 한 번, 화 한 번,
그렇게 한 번씩 참고 참으며 인내하는 시간이 길어졌다.

딸을 보며 다그치거나 짜증내거나
화내지 않고 가만히 기다려줬던
나 자신이 참으로 기특했던 날

엄마 지금
셀프칭찬
하는거야?
ㅋㅋㅋㅋㅋ

참 잘했어
칭찬해
아우
기특해라

톡톡
((
톡톡

쓰담쓰담

))

싸움을 피하는 방법

'참아야 하느니라.' 허벅지를 꼬집으며 스스로 주문을 외워보지만
무조건 참고 기다리기만 하기엔 자꾸만 분노가 치밀어오르는 건 사실이다.
딸의 초등학교 6년을 지내며
나름 화를 다스리는 여러 가지 기술을 터득했다.
딸아이의 불평불만이 들려도 마치 헤드폰을 쓰고 있는 것처럼
아무 말도 들리지 않는 듯 대꾸하지 말아야 하며

간죽간죽 옆에서 아무리 신경을 거슬리게 해도
눈 하나 꿈쩍하지 않는 대범함을 보여줘야 하며
할 일을 시작도 전에 밑밥을 깔기 시작할 때에는
적당한 리액션으로 받아 쳐주되 절대 감정이 동요해서는 안 된다.
해야 할 일을 제대로 안 하는 딸의 모습에도
섣불리 잔소리를 했다가는 큰 싸움으로 번질 우려가 있으므로
농담 반 진심을 담아 개그감 있게 멘트를 쳐줘야 한다.
해야 할 일을 하나도 제대로 해놓지 않은 걸 늦은 밤 발견했던 어느 날,
너무 기본적으로 해야 할 것들을 안 해놓고도
너무나 태연하게 안 했다고 초당당하게 말하는 딸을 보며
너무 어이가 없고 화가 났지만,
수많은 말들을 목구멍으로 겨우 넘기고
한마디만 툭 내뱉었다.
"요놈의 쉐끼!!! 쉐끼 쉐낏 쉐끼비리~~~"
딸의 웬만한 시비와 밑밥엔 꿈쩍도 하지 않는
중딩 엄마의 맷집이라고 할 수 있을 것 같다.
어째 늘어난 건 주름살과 맷집뿐인 것 같다는 생각이 든다.

속이 터져도
한참 터져서 그러지

답답해서
그런다 답답해서
아하하하하

뭐야
팔이나
치워줘

학원에 다녀온 어느 늦은 밤이었다.

그날은 당장 다음날까지 해야 할 공부가 유난히 많았다.

하루 종일 제대로 쉬지도 못하고 집에 늦게 돌아와서도

뭔가 또 할 일이 남아 있다는 게 짠하면서도 안타까워서

아무 생각 없이 퍼져 있는 딸을 일단 가만히 쉬게 두었다.

그래도 숙제는 해야 하니까, 기다리고 기다려주다가

"얼른 방에 들어가서 공부 좀 하라."고 한마디를 했다.

집중을 못하고 계속 밍기적거리고 딴짓만 하는 걸 참다 못해

"숙제가 하고 싶은 사람이 몇이나 되겠어. 필요에 의해 하는 거지."

또다시 한마디를 했더니

그걸 다 알아서, 그래서 하기 싫은데 하고 있는 거라고

안 하고 있는 것도 아닌데 도대체 왜 그러냐고

따발총처럼 쏘아대는 게 아닌가.

딸의 심정과 상황도 이해는 됐지만

빨리 끝내고 빨리 쉬면 좋겠는데 왜 저럴까.

속이 터질 것만 같았다.

그래서, 그냥 미친 듯 웃기 시작했다.

"아하하하하하하하하하~~~"

나의 속 터짐을 머리에 꽃을 단 미친 X처럼 웃어 풀지 않으면

뺑 터져버릴 것 같았기 때문이었다.

그런 내 모습을 어이없다는 듯 쳐다보는

딸의 반응에 머쓱해졌지만,

일단 감정 싸움은 피했으니 그걸로 되었다고 생각한 밤이었다.

내공이 좀 쌓였다고 자신했지만 답답함과 화가 다스려지지 않는
날도 여전히 있다. 그럴 때 나의 화는 순차적인 고함으로 나가는데,
한 번 말해 듣지 않으니 점점 그 강도가 세지게 된다.
아이를 키우는 일에 마치 득도한 사람처럼 깨달음만 많아지고
웬만한 행동에는 눈 하나 꿈쩍하지 않을 만큼의 맷집까지 생겼다.
나의 인내의 시간들이 쌓이고 쌓여 빛이 날 순간들이 오길 바라며,
엄마는 화를 다스릴 뿐이지, 화가 멈춘 건 아니라는 걸
명심해주길 바란다. 딸아.

"아, 힘든데 어쩌라고. 진짜 이걸 언제 다 하냐고.

나 지금 움직일 힘도 없어."

훅 치고 들어오는 딸아이의 밑밥 공격!

놀 때는 아무렇지 않다가 숙제를 시작하려는

바로 그 타이밍이 다가오면 어김없이, 오차 없이

갑자기 졸음이 쏟아진다거나 급 피로가 몰려온다는 딸.

딸의 웬만한 밑밥에 나는 더 이상 흔들리지 않는다.

그저 영혼 없는 리액션을 해주며 살짝 비위만 맞춰주고 넘어갈 뿐이다.

늘어만 가는 나의 맷집처럼 딸의 경우도 마찬가지로 내공이 엄청나다.
시간이 흐름에 따라 나의 잔소리와 꾸짖음을 견뎌내고 이겨내는 딸의
맷집도 만만치 않게 늘었기 때문에, 자잘 자잘한 습관적인 잔소리보다
참고 참았다가 크게 훅 하고 들어가는, 제대로 혼내는 한방이
잘 먹히는 것 같다. 수많은 시간 동안, 서로에게 부딪히며 단단해진
서로의 맷집 덕분에 우리는 웬만한 일에는 감정 상하지 않는다.
적당히 부딪힐 일을 서로 피하는 우리 모녀만의 노하우가 생겼달까?

8

참으로 참신한 말대답

크게 마음먹고 잔소리를 하려던 어느 날,
훅 하고 들어온 딸아이의 참신한 말대답에 낚여
상황이 무마되기도 한다.

미루다가 내일이 되면,
내일의 할일은
내일의 나에게
맡기겠어

"

너 이런 식으로 대충대충 엉망진창으로
하면 안된다!! 도대체 왜그래! 정신차려!

이렇게 쓸모없는 애를 도대체 왜 낳은거야?

넌 태어난 것 자체가 쓸모 있고 가치 있는거야.
근데 네가 점점 쓸모 없게 될까봐 엄마가
잘못된 건 다고치고 혼내며 바로잡아주는거야,
왜? 네가 쓸모없는 사람이 되지 않게 해주려고!

그래도! 난 제대로 하는 것도 없고 제대로
하지도 않고 난 쓸모 없는 사람이야!!!

아니라니까! 넌 존재 자체가 쓸모있고 가치 있는
사람이라니까 ~ 그렇게 생각하지 말자~ 알겠지이??

"

뭐랄까. 가끔 딸이 '앗, 얘 천재 아니야?' 싶을 때가 있다.

뭔가 나에게 혼날 상황이나 자신이 불리한 상황일 때 위기를 벗어나는

그 순발력이 남다르다고 해야 하나? 항상 나의 잔소리로 시작은 되는데,

정신을 차려보면 어느새 나는 딸이 던진 떡밥을 덥석 물고 있다고 해야 하나?

30분 넘게 붙잡고 있던 문제집을 몇 장 풀었냐는 나의 질문에 '한 쪽장'이라

답하던 딸의 대답에 하도 어이가 없어서 나도 모르게 헛웃음이 나오며

상황이 무마됐다거나, 뭐든 대충대충 하는 딸에게 "매사에 정신을 좀 차리고

뭐든 최선을 다해봐라." 한소리하며 시작을 했을 뿐인데,

갑자기 자기 비하를 하며 그렇게 대충 사는 쓸모 없는 애를 도대체 왜

낳았냐는 거다. 내가 하는 이야기가 혹시 아이의 자존감을 낮추는 결과를

초래할 것만 같은 생각이 갑자기 머리를 스치는 것이었다.

결국 나는 딸이 깔아놓은 그 분위기에 휩쓸려, "넌 태어난 것 자체가 쓸모 있고

가치 있는 아이이며 존재 자체가 빛나는 아이인데 무슨 말도 안 되는

소리를 하고 있어." 하며 토닥토닥 모드가 되어 질책의 시간이어야 했던 날이

너무나 물 흐르듯 자연스럽게 따스한 위로의 시간이 되어 있었던 날도 있었다.

덥석덥석 미끼를 물던 나를 돌이켜 생각해보면
딸이 상황을 피하기 위해 항상 하던 뻔한 거짓말(숙제 시작 전 피곤하고
배고프고 목이 마르거나 졸려서 아무 것도 할 수 없다는 등)에,
거짓말일 걸 알면서도 혹시나 정말로 피곤한 건 아닌지 배가 고픈 건 아닌지
졸린 건 아닌지 걱정이 되어 그냥 넘어가지 못하는 엄마를 너무나 잘 알고 있는,
엄마 머리 꼭대기에서 놀고 있는 고단수 딸 때문이랄까?
한번은, 지금 생각해도 너무 어이가 없긴 한데 숙제할 때가 되니
갑자기 딸아이가 없어진 거다. 집이라고 뭐 넓지도 않은데
그 뻔한 구조 안에서 아이가 사라지다니! 처음엔 어디 방 문 뒤에 숨었겠지
했는데, 정말 감쪽같이 사라진 거다. 너무 황당해서 도대체 어디를
간 거냐며 급기야 현관문까지 열어 문 밖까지 확인하고
들어오는데 어디선가 큭큭대는 소리가 들리는 거다.
그 소리를 따라가 보니 소파에 쥐포처럼 납~작하게 누워

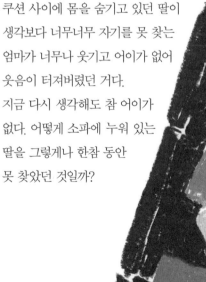

쿠션 사이에 몸을 숨기고 있던 딸이
생각보다 너무너무 자기를 못 찾는
엄마가 너무나 웃기고 어이가 없어
웃음이 터져버렸던 거다.
지금 다시 생각해도 참 어이가
없다. 어떻게 소파에 누워 있는
딸을 그렇게나 한참 동안
못 찾았던 것일까?

쿠션인 척

또, 한번은 이런 적이 있다. 딸에게 "당장 눈앞의 결과가 보이지 않더라도 매일의 노력이 쌓이다 보면 결국 결과가 달라진다."는 이야기를 해주었는데, 그때 딸이 말하기로는, '99프로의 노력과 1프로의 영감으로 이루어진다는 이야기'에서 그 이야기의 포인트는 99프로의 노력이 아니라, 단 1프로의 영감이라는 거다. 그 말인즉슨, 1프로의 영감이 없으면 무조건 노력한다고 안 될 일이 되는 건 아니라는 거다. 그래서 자기는 1프로의 영감이 없는 무조건적인 노력을 하지 않겠다고 말하는데, 묘하게 설득력이 있었다고 해야 하나? 딸은 항상 이런 식이다. 뭔가 논리적이긴 하지만 논리적이지는 않은데 또 결국 그 말도 안 되는 논리에 설득당하게 되는 나름의 논리가 있다고 해야 하나? 똑같은 말에도 색다른 포인트를 콕 집어내는 딸의 말도 안 되는 독특한 시각에 결국 나는 설득당하고 만다. 좋게 포장하자면 그렇고, 나쁘게 말하면 모질이 에미가 딸에게 놀아나고 있다고 말할 수 있다.

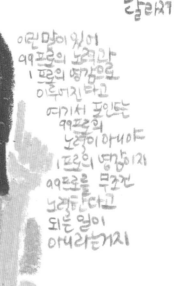

나의 꾸지람에 한 번을 '네, 네,' 하고 넘어가는 경우가 없이
반박하고 드립을 치는 딸이, 희한하게도 나는 밉지가 않다.
딱 알맞은 정도의 드립을 치는 그 순발력에 어이가 없을 뿐이다.
누울 자리를 보고 발을 뻗는다고.
딸은 그 오묘한 경계를 잘 알고 있는 것 같다.
엄마가 받아들일 수 있는 정도의 드립과 반항이
딱 어느 정도인지를 말이다.

무엇보다 신기한 건, 딸은 밀당을 제대로 알고 있다는 점이다.
내 마음 같지 않게 답답~하게만 굴던 딸의 행동을 보며
며칠째 잔소리를 한 적이 있는데 매일같이 잔소리를 듣는 딸이
짠하기도 해서, 자꾸만 재촉하며 잔소리하는 게 미안하다고 말했더니
괜찮다며, 엄마가 참을 만큼 참다가 필요해서 하는 이야기들이니까
'괜찮다.' 말해주는 거다.

자꾸 잔소리
같지?
미안

멀~이런 날도
오는구나

그때 딸의 말에 완전 감동받아 마음이 몽글몽글해졌었다.
만약 딸이 그 타이밍에, 평소처럼 반박을 하며 드립을 치는
눈치 없는 치명적 실수를 범했다면,
그날 밤 우리는 분명 핵폭탄급 전쟁을 치렀을 것이다.
이처럼 딸은 '참 버르장머리 없이 너무 선 넘는 게 아닌가?'라는
생각을 하는 그 타이밍을 기가 막히게 알고 묵힌 감정들을
촤르르 녹게 만드는 솜사탕과도 같은 말솜씨가 있다.

아니야
엄마가 참을만큼 참다가
필요해서 하는 이야기니까
잔소리라도 괜찮아

하루는, 문제를 푸는데 시간이 촉박해서
내가 문제를 읽어주고 딸에게 답을 하라고 했는데,
정신이 오락가락했는지 답을 제대로 말했다가
말도 안 되는 정신 나간 소리를 했다가를 반복하며
왔다 갔다 하는 거다.
그 모습이 하도 기가 차고 어이가 없어서 정신 좀 차려보라며
"지금 정신 나갔지?"라고 물으니 전혀 당황하는 기색 없이
오히려 초당당하게 나에게 조심하라고 하는 거다.
자기가 정신줄을 놓은 마당에 내가 조심할 건 또 뭔가 싶어 물으니,
자기의 정신이 오락가락하기 때문에
제정신일 때는 모를 수 있는 문제인데 정신이 나갔기 때문에
정답을 맞히는 것일 수도 있다고 말하는 것이다.

생각지도 못했던 딸의 드립에 말문이 턱 막히며
나도 모르게 헛웃음이 나왔다.
오락가락하던 와중에도 순발력 있게
드립 칠 정신은 붙잡고 있었나 보다.
내가 웃음이 헤픈 건지도 모르겠지만,
웃으면 안 될 상황에 자꾸만 헛웃음이 터지게 만들어
상황을 무마시키는 일들 투성이다.
어쩌다 보면 항상 나는 딸에게 낚여 있고,
진심으로 열 받아서 혼을 내려는 순간에는
솜사탕 같은 말재주로 나를 녹여버리는 우리 딸은
나와의 밀당에서 항상 나를 당겨 끌려가게 만드는 밀당의 귀재이며,
드립에 특별한 재능을 보이는 드립의 여왕이며,
나를 들었다 놨다 하는 걸로는
국가대표 선수급이라 말할 수 있을 것이다.

모든 게
엄마 탓

그런 날이 있다.
앞뒤 구분 없이, 특별한 이유 없이,
그냥 다 모든 게, 뭐든지
다 엄마 탓이 되는 그런 날 말이다.
그럴 땐 그저 받아줄 뿐이다.

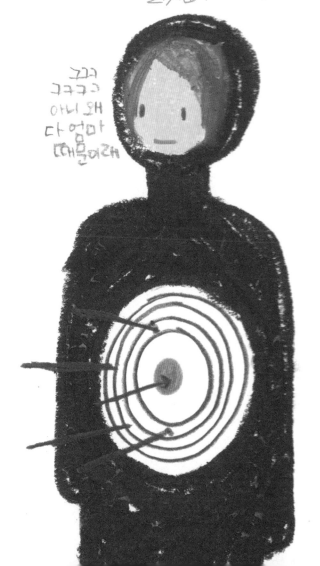

딸 : 아 학교 가기 싫어.

나 : 그러게ㅜㅜ

딸 : 코코는 나한테는 애교도 안 부리고 인형을 던져줘도

　　엄마한테 가져가 나빴어. 이제 안 놀아줄 거야.

나 : 아니~ 왜 개한테 감정을 소비해.

딸 : 그림을 그리고 싶은데 뭘 그려야 할지 모르겠어.

나 : 음, 시간 여행자? 어때?

딸 : 내 캐릭터들은 다 설정이 되어 있는데, 시간 여행자들은 아니야.

　　그림도 뭘 그려야 할지 모르겠고 엄만 같이 그려 달래도

　　혼자만 그리잖아.

나 : 내가? (어이없고 당황스러움의 웃음) 엄마가 같이 그리자고 했는데

　　네가 혼자 그렸잖아.

딸 : 놀자고 할 때 같이 안 놀아주고, 코코도 나랑 안 놀아주잖아.

　　이제 아무도 안 놀아줄 거야. 이게 다 엄마 때문이야.

　　학교도 엄마 때문이야. 엄마가 나를 학교에 가게 했잖아.

나 : 초등학교는 의무교육이야. 내가 가라고 시킨 게 아니고.

　　왜 다 엄마 때문이래. (당황스럽지만 쿨한 척)

딸 : (자기도 어이없는 듯 웃으며) 그냥 나를 낳아서 학교에 가게 했으니까

　　엄마 탓이지.

나 : (같이 웃으며) 너도 너무 어이가 없어서 웃음이 나지?

딸 : (웃음이 빵 터진 딸) 으흐흐흐흐.

우리 모녀의 굉장히 긴 대화지만, 읽다 보면 '세상만사 모든 게,
뭐든지 결국 다 엄마 탓!'이라고 한마디로 짧게 요약될 수 있다.

저 날은 딸이 삐뚤어지고 싶은 날이었나 보다. 뭔지 알 수는 없지만
딸이 저렇게 나를 대역죄인으로 만드는 날에는 항상 딸에게
어떤 문제가 있었던 것 같다. 친구 관계라든지, 공부 스트레스라든지,
뭔가 자신의 일이 잘 풀리지 않을 땐 모든 걸 엄마 탓으로 돌렸다.
그럴 때마다 나는 내가, 나라는 존재가 딸에게 있어서
딸이 참 다행이라는 생각이 들었다. 나의 존재가 아이의 스트레스를
해소할 수 있는 돌파구 혹은 대나무 숲이 되어주는 느낌이었다고 할까.
누군가는 이런 내 이야기를 듣고 딸의 감정 쓰레기통이 되어주면
안 된다고 말하기도 했다. 그 말도 틀린 말은 아니었지만, 사실 나는
그렇게 생각하지 않았다. 그렇게 딸이 괜히 짜증 섞인 투정을 부리고 나면
스스로 뭔가 해소가 됐는지 속에 담아두었던 이야기를 꺼낸다든지,
딸의 태도가 한결 부드러워짐을 느낄 수 있었다.
딸이 괜한 심통을 부릴 땐, '나 힘들어!'라고 대놓고 이야기하지는 않았지만,
'아, 지금 얘가 뭔가로 힘들구나.'를 알게 해주는
일종의 시그널이라고 생각할 수 있었기
때문이었다. 그 시그널을 인지한 후로는
딸의 멘탈 관리를 위해 딸의 투정은
되도록 다 받아주었다. 모든 엄마가
다 그래야 하는 건 아니지만,
운명적으로 내가 내 딸의 엄마가 된 김에
마치 휴대폰에겐 충전기,
자동차에겐 주유소처럼
조건 없이 내어줘서 충전을
시켜주는 그런 존재가
되어주고 싶었기 때문이다.

숙제 시키다가

석고대죄 할판

나에게 죄가 있다면

너의 엄마라는 것뿐

잠든 모습보면
그렇게 짠해할거면서
내가 좀더 참을걸

딸아이 멘탈 관리한다고 참고 받아주다 보면, 나도 사람인지라
서운하고 상처받은 마음에 내 멘탈이 너덜너덜해질 때도 있었다.
그래서 어떤 날은 짜증내고 투정부리며 나에게 보내는 시그널을 알아채고도
모른 척할 때도 있었다. 하루 종일 투정과 진상을 부리다 늦은 밤이 되어서야
제 정신으로 돌아와서는 미안하다며 자기가 너무 지쳐서 그랬다면서
한 번만 꼭 안아달라고 부탁하던 딸을 매몰차게 거절하며 돌려보낸 후,
울다 잠든 딸을 보며 한없이 맘 아파했던 날도 있었다. 아이에게
안식처가 되어주고 싶은 마음은 늘 간절하다. 하지만 이처럼 매 순간
받아주지 못하는 나의 부족함에 후회를 하며 사무치게 마음 아프고
짠한 그런 날이 있기도 했다. 뭐 이리 절절하냐 싶은 생각이 들 수도 있지만,
나의 이 들끓는 모성애는 딸이 내 배 속에 잉태된 걸 안 그 순간부터
생겨난, 나도 신기한 무적 파워라고 할 수 있다. 다른 말로
'미친 사랑'이라고 할 수 있을 것 같다.

안아줘
나 너무
지쳤어

지친 네 마음을
좀 안아줄걸

와 시원하게
속이 뻥
뚫렸어

어때?
시원하지?

답답한 속을 뻥 뚫어주는
소화제 같은 존재가 되어주고 싶은데

하지만 현실은 ···

나 갑자기
토할것 같아
배도 너무
아프고

어떡해
소화제
줄까?

잠깐
더 참아봐

144

내가 딸의 멘탈 관리에 유독 신경을 썼던 이유는
딸아이가 스스로 소화하기 힘든 그 이상을 해야 할 때면
어김없이 마음의 장염에 걸렸기 때문이다.
마음의 소화가 안 되면 몸도 같이 소화가 안 된다고 해야 할까.
답답할 땐 그저 속을 뻥 뚫어주는 활명수 같은 소화제가
되어주고 싶은데 그게 참 힘들다. 아이의 멘탈을 케어해준다는 건
꼭꼭 씹어 소화가 잘 되도록 도와주는 일이다.
무너진 멘탈을 바로잡아 몸과 마음에서 쉽게 소화될 수 있도록
도와주려면 엄마로서 나는 무얼 어떻게 바꾸고 재정비해야 하는 걸까.
무엇이 맞고 틀린 건지 중심이 흔들렸던 적도 있었다.
예중 입시 기간 중 심한 장염으로 거의 먹지 못하고
이틀 내내 수액 맞고 고생했던 날,
딸에게 금방 이겨내줘서
고맙다고 말했다.
뭘 그런 걸 칭찬하냐고 묻길래,
"오래 가면 어쩌나 걱정했어.
그러니 이틀 만에 이겨낸 게
얼마나 대견한지." 진심으로
고맙다고 말했다. 아이가 아프면
괜히 다 내 탓 같다. 딸의 팔에
링거 바늘이 들어갈 땐,
마치 내 가슴에 바늘이 꽂히는
것과도 같은 기분이 들었다.

너의 팔에
링거 바늘이
들어갈 때
엄마 가슴에
바늘이 꽂히는
기분이 있어

딸아이가 저학년 때, 고등학생 아들을 둔 친한 언니가 있었다.

그 언니는 나에게, 하루 종일 너무 바쁘게 일상을 보내는 아들을 보면

한없이 짠하기만 한데 엄마로서 해줄 수 있는 게 아무것도 없어서,

그게 더 마음이 아프다는 이야기를 해준 적이 있었다. 그때는 그 말을

이해할 수 없었는데, 딸의 입시를 준비하며 진심으로 공감하게 되었다.

내가 대신 해줄 수 있는 일보다는 아이 스스로 선택하고 해결해야만 하는

문제들에 직면하게 되면서 나는 엄청 당황하기 시작했다.

'사소한 것일지라도 내가 아이를 위해 도움을 줄 수 있는 게 없다니!'

힘들어 보이는 딸을 옆에서 바라보면 내가 대신해줄 수 있는 게 있으면

뭐라도 해주고 싶은데, 온전히 아이 자신의 몫으로 해내야 하는 것들이

대부분이었기에 너무 짠하고 안쓰러운 마음만 들 뿐이었다.

아이가 성장하며 엄마의 역할도 자연스럽게 변화해가는구나 싶었다.

태어나는 순간부터 모든 부분에서 엄마의 도움이

절대적이었던 아이가, 어느새 이렇게 훌쩍 자라서 스스로의 문제들을

스스로 해결해가는 나이가 된 걸까. 눈만 깜빡였을 뿐인데

어느새 훅 하고 자라버린 느낌이었다. 왠지 서운하면서도 신기했다.

이제 나의 역할은 그저 끼니 잘 챙기며

컨디션 관리해주고 "잘한다 잘한다~" 응원해주며

딸의 멘탈이 흔들리지 않도록

언제나 묵묵히 그저 가는 길을 환히 비춰주는

등대 같은 든든한 존재가 되어줘야겠다는 생각을 했다.

그때의 감정을 담은 그림이다. 그림 속 배경에는 딸을 응원하는

다양한 메시지들이 암호처럼 들어 있다.

아이를 키우는 데 정답은 없다.

하지만 아이가 어떤 길을 가고자 할 때,

혹은 아이를 어떤 길로 인도하고자 할 때, 그 길을 가기 위한 여러 결정이나

선택을 해야 할 때에는 다른 이들의 조언을 통해 도움을 받을 수도 있지만

그게 뭐든, 내 아이 하나만 바라보고 결정해야 하는 것임에는 분명하다.

그리고 그 결정을 하는 데에는, 아이를 제일 잘 아는 사람이 아이와

함께 결정하는 게 맞다고 생각한다. 내 아이를 제일 잘 아는 사람은

학교 선생님도 아니고 학원 선생님도 아니고 친구 엄마도 아니고

바로, 아이의 엄마라는 사실!

나는, 우리 딸에 대해 제일 잘 아는 사람이 '나'였다는 사실을

너무 늦게 알았다. 그래서 시행착오도 많이 겪어야 했다.

그 과정을 통해 나는 적어도 '남들이 다 하니까 내 아이도 해야지',

'남들과 똑같이 그 길을 가게 해야지!'라는 생각은 하지 말자고 결심했다.

다른 아이들처럼 무조건 밀어붙이면 잘 따라올 거라고 생각했던

나의 과오가 딸을 질풍노도의 시기로 이끌었고, 그 당시 딸은 이 세상에

내 편은 아무도 없다는 생각을 했었다고 했다. 엄마는 자기 마음을

절대 몰라줄 거라고 생각했었다고 했다.

그때는 몰랐지만 이제는 안다. 우리 딸이 어떤 아이인지.
딸은 세게 억지로 끌어당기면 그대로 넘어지는
아이이기 때문에 예민한 감수성을 수시로 체크하며
적절한 타이밍에 풀었다 조였다 해주어야 한다.
당근과 채찍을 적절한 시기를 맞춰 끊임없이
조절해주어야 하는 복잡 미묘한 아이이다.

'왜 내 아이만 이렇게 평범하지 않은 걸까?' 생각했던 날들도 많았다.
아이 고민을 털어놓는 친구들이나 다른 엄마들의 이야기를 들으며
모든 엄마는 나처럼 '도대체 내 아이는 왜 평범하지 않을까?'라는
생각을 하고 있다는 것을 알게 되었다. 그건 어쩌면 당연한 게 아닐까?
왜냐하면 엄마는 다른 사람들은 보지 못하는 내 아이의 모든 입체적인
모습들을 다 알고 있는 유일한 존재니까.
내 아이에 대해 끊임없이 바라보며 고민하는 사람은 바로 엄마니까.
이제 나는 안다. 딸의 멘탈을 지켜주며 채찍질을 하는 방법을.
당근인 듯 보이지만 사실은 채찍질을 하는 방법을.
한번은 어차피 해야 할 숙제인데 너어어어어무 하기 싫어하길래
못 본 척하고 있다가, 한 문제 풀면 "와, 참 잘했어요~"를 크게 외쳐주며
물개 박수를 쳐주고, 급기야 숙제를 다 하고 난 뒤에는 "잘했으니까
'참 잘했어요' 도장 찍어드렸어요. 짝짝짝~"이라며 도장을 찾아 손등에
찍어주며 신경에 거슬리지 않게 쪼아줬더니, 숙제를 빨리 끝낼 수 있었다.
초등학교 6학년 아이에게는 조금 유치한 방법이었지만, 이게 바로
내가 우리 딸에게 맞는 스타일의 채찍을 드는 방법이었다.
일명 '우쭈쭈' 스타일! 난 그날 분명히
보았다. 살짝 올라갔던 딸의
입꼬리를 말이다.

그럼! 안심하고 엄마 잘 따라오면 괜찮아

엄마 고반찮은거야? 나 불안해

사실은 엄마도 마찬가지야 중심을 잘 잡는 것 같지만 사실은 엄마도 마찬가지야

몸과 마음이 편한 평온한 하루를 위해서는 아이의 멘탈이 잘 관리되고 있는
상태가 중요한데, 이를 위해서는 엄마인 내가 중심을 잘 잡아
어떤 바람이나 유혹에도 흔들리지 않고 불안해하지 않도록 앞장서나가며
길잡이가 되어줘야 한다고 생각했다. 온 종일, 하루 종일, 몇 날 며칠을 생각해도,
어떤 한 가지 선택을 해서 그 방향으로 결정지어 실행에 옮기기란 참 어렵다.
아이의 문제에 있어서는 말이다. 뭐가 맞는 건지 판단하기 어려울 정도로
불안함이 동시에 들기 때문인 것 같다.

특히 딸이 예중 입시를 하는 동안, 실은 나도 미친 듯이 불안했다.
다만 아이 앞에서는 티를 내지 않았을 뿐이었다.
엄마마저 불안해하는 걸 느끼면 아이가 무너질까 봐.
나 역시 부족함투성이고 여러 가지로 모르는 게 많았지만, 겁나지 않는 척,
불안하지 않은 척했을 뿐이었다. 아이가 단단해질 수 있도록 힘을 주었으며
아이가 불안해할 때는 어깨를 내어주었고, 아이의 손을 꼭 붙잡고
불안한 외줄타기 같은 길을 함께 건너갔을 뿐이었다. 아이가 지치지 않고
가는 길을 완주할 수 있도록, 힘을 줄 수 있는 페이스메이커 같은 존재가
되어주고 싶었다. 하지만 그때 나의 심정은, 내가 먼저 나가떨어질 것만 같았다.
아이가 힘들어하는 모습을 바라보는 게 너무 마음이 아팠기 때문이었다.

입시가 코앞으로 다가왔던 어느 날 밤이었다.
자려고 침대에 누운 딸이 나를 불렀다.

딸 : 엄마~~~

나 : 응, 왜~~

딸 : 내 옆에 계속 있어주면 안돼?

나 : 왜? 불안해?

딸 : 응. 그냥 왠지 불안해.

나 : 그래. 엄마가 옆에 있을게. 엄마가 있으면 안심이 되니?

딸 : 그럼. 당연하지. 안심되고 포근해.

나를 엄청나게 의지하고 있던 딸의 마음이 느껴지는 동시에
스트레스가 가득한 딸의 마음이 전해져 행복하면서도 안쓰러웠다.
내 옆에 꼭 붙어 안심을 충전 중이던 딸의 모습을 나는 잊을 수 없다.
내가 딸에게 바른 길잡이가 되어주고 있는지는 여전히 알 수 없지만
그날 딸의 마음을 통해 다른 건 몰라도 '나라는 존재가
딸의 멘탈을 관리해주는 '멘탈 관리사'로는
그래도 잘해왔구나.'라는
생각이 들었다.

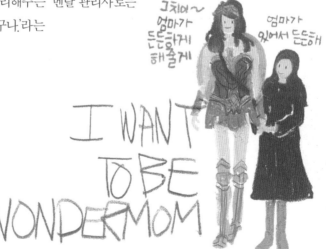

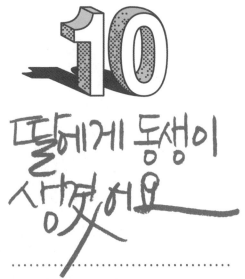

딸에게 동생이 생겼어요

내가 태어나 가장 잘한 일은
딸을 낳은 것이고, 두 번째로 잘한 일은
반려견을 데려온 일이다.

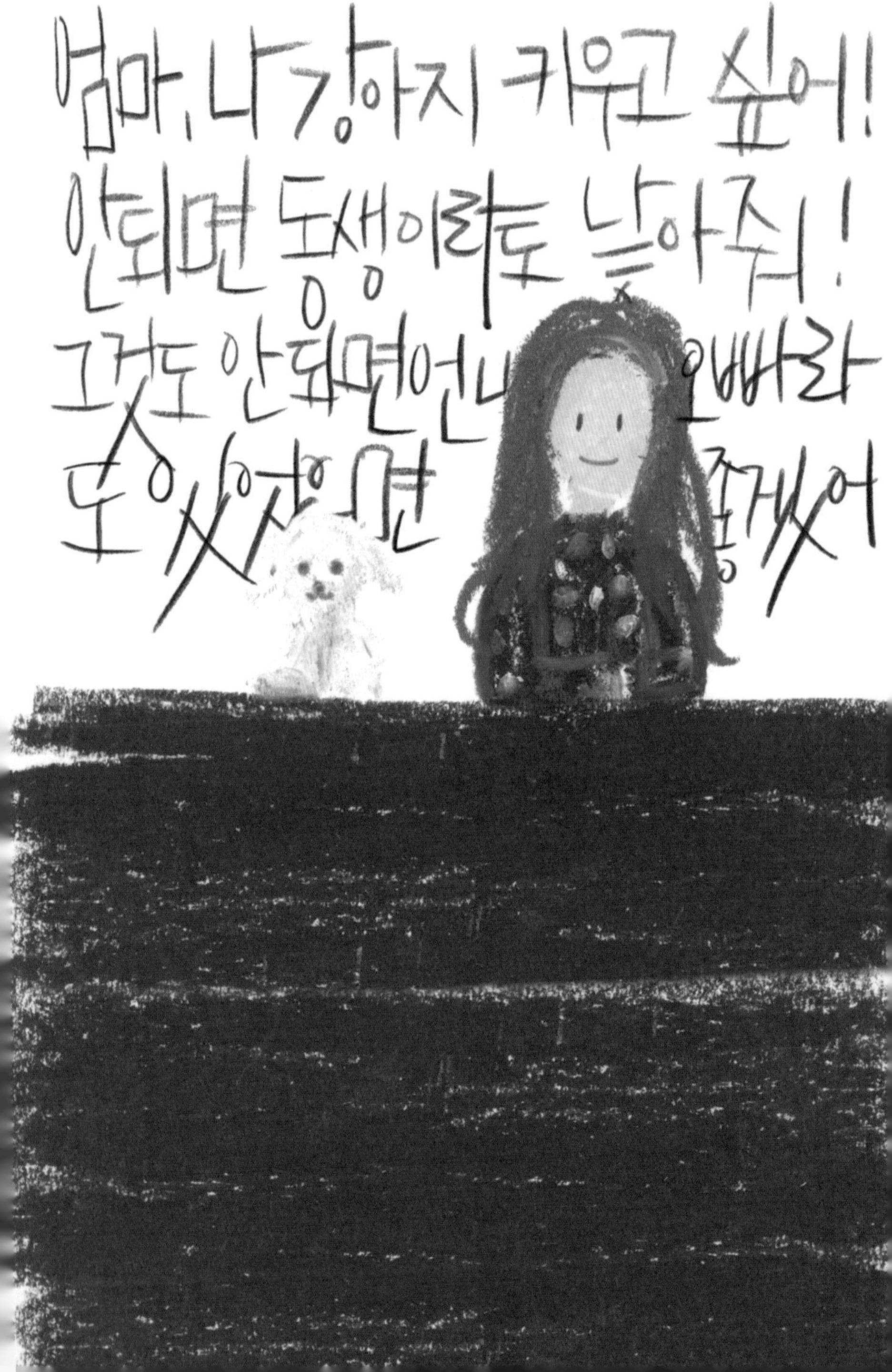
엄마, 나 강아지 키우고 싶어!
안되면 동생이라도 낳아줘!
그것도 안돼면 언니 오빠라
도 있었으면 좋겠어

누군가를 만나면 헤어짐이 참 힘들었던 딸.

집에 있을 때는 보지도 않는 TV를 꼭 틀어놓던 딸.

돌이켜 생각해보면, 외동이라 집에 있을 때의 적막함을
견디기가 힘들었던 게 아닌가 싶다.

딸이 다섯 살이 되면서부터 시작되었던 것 같다.

강아지를 키우고 싶다고 말하기 시작한 게 말이다.

그후 수년 간 딸과 나는 반려견을 가족으로 맞이하고 싶은 마음이
굴뚝 같았지만, 동물을 싫어하는 남편의 반대로 들이지 못하고 있었다.

그렇게 결사 반대를 하던 남편의 마음을 움직였던 건, 딸의 사춘기가
극에 달했던 초등학교 2학년 때였다. 일찍 퇴근해 집에 오면,
하루도 빠짐없이 미친 듯 서로를 향해 으르렁거리던 모녀의 모습을 보며
남편은 가족 모두 스트레스로 정신병에 걸릴 것 같다는 생각이 들었다고 했다.
남편은 우리 모녀의 모습을 가만히 보고 있자니, 감정을 풀 대상이 둘뿐이라
스트레스를 서로에게만 푸는 걸 반복하다 서로에게 상처만 주는
심각한 상황이 온 것 같다며 '우리 가족의 행복을 위해 사랑과 감정을 나눌
강아지를 데려오면 어떨까?'라는 생각이 들었다고 했다.

평소 동물을 싫어하던 남편에게 강아지를 데려오면 사랑으로
대해줄 것을 약속받고 마침내 우리 가족은 반려견을 맞이하게 되었다.

딸은 밖에 나갔다가도 집에서 혼자 기다리고 있을 개 동생을 생각하며
더 이상 누군가와의 헤어짐을 힘들어하지 않게 되었고, 적막함을 느낄 새 없이
끊임없이 옆에 딱 붙어 댕댕거리는 개 동생 덕분에 집에서의 시간도
외로움을 느끼지 않게 되었다. 절대적으로 우리가 평화를 되찾게 도와준
1등 공신은 바로 개 딸이었다. 개 딸의 사소한 행동에 웃음꽃이 만발했으며,
서로에게 짜증이 나려는 순간, 개 딸을 품에 안겨주면 들끓어오르던
감정도 촤르르 녹아내리며 평화로운 상태로 금방 돌아올 수 있게 되었다.

개 딸을 바라보며 시답잖은 대화를 주고 받으며 웃는 날들이 일상이 되었다.
가족 중 누군가의 목소리가 커지면 겁에 질려 토끼 눈을 하고
혼비백산을 해서 소파 밑으로 숨기 위해 호다닥 꽁무니를 빼는
개 딸의 모습을 보면 웃음보가 절로 터져버리기 때문에
우리 모녀는 더는 감정적으로 격해질 수 없게 되었다.
너무 예쁜 겁쟁이 반려견 코코는 우리 가족의 웃음지뢰이자
우리 가족의 1등 '멘탈 관리사'라고 말할 수 있다.
딸의 멘탈 관리를 전적으로 책임지고 있는
개 딸에게 너무 고맙고, 그런 개 딸이
마냥 사랑스러울 뿐이다.

번잡스럽거나 부산스러운 건 견디지 못하는 시크한 핵 초딩이었던
딸은 본인에게 관심이 집중되는 걸 원치 않았으며
감정을 격하게 드러내거나 표현을 격하게 하는 경우가 없던
반면에, 먹을 것 앞에서는 열정 만수르 못지 않았으며
심심함은 견딜 수 없어 했으며, 눈만 마주치면
인형을 물어오는 댕댕거림 그 자체의 개 딸은 항상
관심받기 바라며 반갑거나 기쁠 땐 감정을 격하게 드러내며
애교를 부렸다. 사람과 개를 비교하는 것 자체가 좀 웃길 수
있지만, 이렇듯 딸과 개 딸은 캐릭터가 정반대라고 말할 수 있다.
본인이 귀찮거나, 자신과 다른 것에 맞추어 신경 써야 하는 걸
싫어하던 딸이 개 동생에게는 한없이 관대해지며, 우쭈쭈 해주는 모습을
볼 때마다 뭔가 흐뭇했다고 해야 하나? 사람 동생은 아니지만,
딸이 개 딸에게 양보하는 모습도 있었고, 동생을 보살펴주는 느낌도 들었고
딸이 사랑만을 충만하게 줄 수 있는 존재가 있다는 것에 참 감사했다.
딸이 무엇엔가 충분한 사랑을 줄 수 있는 사람이 되길 바랐기 때문이다.
개 딸도 그런 언니의 마음을 아는지, 언니가 학교나 학원에 갔다 돌아오면
언니에게 제 몸을 꼭 붙이고 옆에 누워 그 시간을 즐기는 모습은
언제나 너무 사랑스러웠다. 다른 건 내가 잔소리를 하고 또 해도 자발적으로
알아서 하는 게 대체적으로 없는(?) 딸이지만, 개 동생에 관한 일은

그게 무엇이든 처음에 나와 약속했던 모든 것들을
지금까지도 잘 지키고 있다. 똥을 치운다든지,
물을 갈아준다든지, 외출할 때 개 동생을 안고 나간다든지,
개 동생 산책을 시킨다든지, 개 동생에 관한 대부분의 일은
책임감 있게 잘 해내고 있다. 개 딸은 딸아이에게 여러 가지로
좋은 기운을 불어넣어주고 있음에는 분명하다.

어느 날부터 평소와는 다르게 우울해하고 예민해져서 밥도 잘 안 먹고
이유 없이 어쩔 줄 몰라 하거나 사람 손이 닿지 않는
침대 밑 제일 구석으로 들어가 누워 있기만 하던 개 딸,
어느 날부터 자꾸만 어지럽다 하고 속이 메슥거려서 힘들던 딸.
하루는 그런 개 딸이 걱정되어 동물병원에 갔더니 상상임신이라는
진단을 받았다. 또 다른 하루는 그런 딸이 걱정되어 딸을 데리고
병원에 갔더니, 빠른 성장으로 인해 몸이 그 성장 속도를 따라가지 못해서
나타나는 증상이라는 진단을 받았다. 딸과 개 딸 모두 건강에
이상이 있는 건 아니라 너무너무 다행이었지만, 그 시기에 두 딸은
모두 성장통을 겪는 중이었다. 마음이 쓰여 참 속상하고 짠했던 때였다.
모든 게 다 너무 다른 아이들이지만,
서로에게 의지하고 사랑만을 주고받으며
심지어 성장통도 함께 겪어낸, 서로에게
없어서는 안 될 최애(최고로 애정한다)의 관계이다.

개 동생을 수시로 껴 안고 '어와 둥둥 내 동생'이라고 말하는 딸을 볼 때면
개 동생이 저리 좋을까 싶다가도, 시도 때도 없이 개 동생이 부럽다는
딸을 볼 때면 참 한심하기 짝이 없기도 했다. 아무것도 안 하고
맨날 먹고 자고 놀고 싸고만 하는 개 동생이 부럽다면서, 심지어 어느 날에는
똥오줌만 잘 싸도 잘했다고 칭찬 받으며 간식을 받아 먹는 개 동생처럼
살고 싶다는 거다. 그 이야기를 들은 나는 딸에게 "어떤 집 아들이
그런 개가 부럽다 해서 그 집 엄마가 아들이 화장실에 들어갔다 나올 때마다
그렇게 박수를 치며 칭찬을 해줬다는 이야기를 어디에선가 봤어.
앞으로 너도 화장실에 다녀올 때마다 물개 박수를 쳐줄 테니 더 이상
부러워 말아."라고 말했던 적이 있다. 으하하하하하. 다시 생각해도 웃기다.
그렇게 말은 했지만, 사실은 나도 아무 걱정 없이 가족들에게 사랑받으며 사는
개 딸의 팔자가 이 세상에서 제일 부러울 때가 많은 건 사실이었다.

어와둥둥
내 동생

서로에게 가장 큰
행복바이러스를 주는사이

'너희 둘의 애틋하고 마음 따뜻해지는 사랑, 오래오래 쭉 이어지길 바라.

너희 둘은 엄마에게 그 누구보다 행복 바이러스를 주는 존재임을 알아주길 바라.'

애견인이 아니면 '제 정신이냐'라 할 이야기지만,

개 딸에게는 미안하지만,

'엄마는 너도 정말 사랑하지만 언니를 훨씬 훨씬 사랑해.'

정신없기로 1등

놓치면 서운하죠

딸이 나에게 정말 참을 수 없다는 한 가지는,
자꾸만 개 딸과 딸의 이름을
바꿔 부른다는 점이다.

딸램과 개딸의 이름을
자꾸 바꿔 부르는 정신머리

엄마
나 딸이야
개딸아니라고

멍멍

"야하하 엄마 이것 봐봐!"

딸에게 모든 신경과 관심을 곤두세우고 있어
척척박사처럼 모든 걸 다 알고 있던 나에게도
치명적인 약점이 있었으니, 그건 바로 나의 정신머리!
학교에 지각하기 1분 전 같은 급박한 상황이었을 땐
양말을 신은 쪽 위에 또 덮어씌워 신겨줬다든지
체육복 입는 날엔 바지만 두 개를 줬다든지 하던 일들이
일상다반사. 열심히 양치를 하다보니 딸아이 칫솔이었고,
싱크대를 열심히 닦다보니 그릇 닦는 수세미였고,
아이의 과외 선생님을 아무리 기다려도 안 오셔서 전화드렸더니
다른 요일이었고…. 정신없기로는 끊임없이 나오는 에피소드 부자.
이런 실수들은 모두 이해하고 넘어가지만 딸이 나에게
정말 정말 참을 수 없다던 한 가지는,

헐
그러네

엄마 근데
그거 내 칫솔인거
같은데

아 어보게 정신차려
이진구야

내가 자꾸만 딸과 개 딸의 이름을 바꿔 부른다는 점이었다.
자기가 '개'가 된 것 같은 기분이 들어 참 별로라고
제발 좀 똑바로 불러달라고 했다.
그래서 나도 항상 조심을 한다고 했는데,
참 이게 이름을 바꿔 부르는 건 뭐랄까? 엄마들의 불치병 같은 것이랄까?
예전에 우리 엄마도 삼 남매인 우리 중 한 명을 부르려면
삼 남매의 이름이 차례로 모두 나와야 했던 것처럼,
왜 꼭 불러야 하는 그 대상은 마지막에
이름이 불리는 것인지….
나는 아이가 딸 하나뿐이니, 부를 이름이 있는 유일한 존재
개 딸과 헷갈릴 수밖에….
딸한테 남편을 부를 때처럼 "오빠~"라고 부를 일은 없으니 말이다.

한번은, 딸아이 방에 들어가 풀어야 할 수학 숙제를 표시해두고 나왔는데,
"엄마, 너무한 거 아냐?"라며 딸이 곧바로 따라나왔다.
무슨 일인가 싶어 해맑게 "왜?" 물으니,
자기가 풀어야 할 페이지에 답지를 마치 책갈피처럼 꽂아놓고도 모자라
되게 친절하게 딱 답이 보이는 페이지의 답지를 꽂아놓았으니
자기한테 답지를 보고 그대로 답을 쓰라는 거냐고 되물으며
너무 친절한 거 아니냐는 딸의 말에 "엄마가 참 쓸데없이
친절했네."라며 한참을 깔깔거리며 웃었던 적도 있었다.

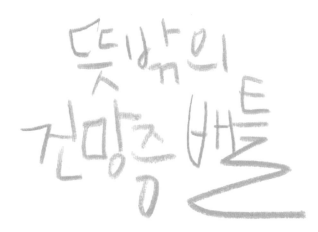

가끔 우리 모녀는 누가 양보할 것 없이 서로 지지 않겠다고
정말 별것도 아닌 걸로 승부욕을 불태우곤 했는데,
건망증 그게 뭐라고, 정신머리 없는 게 뭐 자랑거리라고
'서로 이 정도는 되어야지'라며 붕어 같은 1초 기억력을 내세우며
'누가 누가 잘 까먹나' 뜻밖의 건망증 배틀을 벌인 적도 있었다.

엄마 맨날 왜 이러지? 정말 맨날 까먹고...
이렇게 정신 없어서 치매 오면 어쩌지??
엄마 치매가 아니고 그냥 건망증이 심한거야
엄만 신경 쓸게 많잖아. 걱정하지마

엄마
차키 어딨지?
지갑은 있나?
핸드폰은
어딨지?

천천히
잘 찾아봐~

어렸을 때부터 해야 할 일을 깜빡깜빡 잘 잊어버린다거나
뭔가를 꼭 놓고 다니던 딸을 심하게 나무랄 수 없었다.
나를 닮아 그런 것 같았다. 내가 워낙 정신머리가 없는지라
딸을 혼낼 자격이 없다는 생각이 들었기 때문이다.
정신줄을 놓고 사는 엄마를 놀려대기도 했지만,
너무 정신이 없는 내 자신이 걱정되던 결정적인 순간에는
늘 내 마음을 토닥여주던 딸. 그리고 지금까지도
늘 엄마의 치매 감별사 역할을 자처하고 있다. 늘~ 치매가 아닌
건망증이 심한 것뿐이라는 진단을 내려주기는 하지만 말이다.

173

12
환상의 티키타카

생뚱맞게 툭 던져도
전혀 당황하지 않고 척 받아주는 것
그것을 딸과 엄마의
환상의 티키타카tiqui-taca라고 부른다.

어느 날 아침, 지난밤 엄마의 코 고는 소리가 너무 심해
잠을 제대로 잘 수 없었다는 이야기를
"천둥이 시작되는 곳이 있다면 이런 소리가 나겠구나 싶었어."
라던 딸의 말에, 나 역시 평범하게 넘어가지 않고
갑자기 한손을 위로 쭉 뻗어 올리며 어디선가 날아오는 망치를
받아 드는 것 같은 행동을 하며 토르 흉내를 냈는데,
엄마의 그 모습을 금세 알아채고 고개를 끄덕이며
어젯밤에 천둥의 신이 다녀가셨다며 받아쳐줬던 딸.

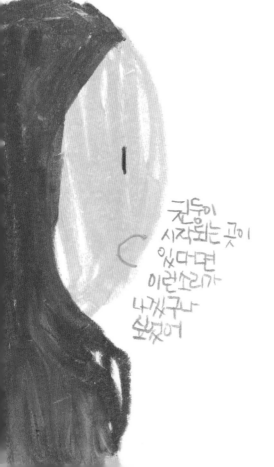

단지 내가 노란 옷을 입었다는 이유로, 그래서 엄마의 룩이
마치 햇병아리 같다던 딸의 말로 시작되었던 우리의 아무 말 대잔치!
어쩜 그리 쿵짝이 잘 맞았는지 아무 말이나 툭툭 던지면 던지는 대로
어쩜 그리 잘 받아쳤는지, 그런 의미 없는 이야기들로
서로의 대화가 끊이지 않고 이어질 수 있었다는 게
참 신기했다.

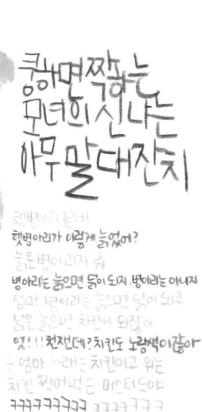

쿵하면짝하는
무려히신나는
아무말대잔치

햇병아리 컬러
햇병아리가 이렇게 늙었어?
늙은 병아리지 뭐
병아리는 늙으면 닭이 되지. 병아리는 아니지
엄마 병아리는 늙으면 닭이 되고
닭은 늙으면 치킨이 되잖아
엇!!! 천잰데? 치킨도 노랑색이잖아
엄마 아래는 치킨이고 위는
치킨 찍어먹는 머스터드야
ㅋㅋㅋㅋㅋㅋㅋ ㅋㅋㅋㅋㅋㅋ

엄마 닮아 개그에 욕심 있는 딸

우리의 기가 막히는 티키타카는
갑자기 상황극이 시작되며 그 진가를 발휘하게 되었는데,
어느 날 딸이 해준 이야기를 듣고 너무 재미가 있어서
마치 개그 오디션 심사위원이 된 것 마냥 "합격!"이라고 한마디했더니,
갑자기 엄청 감격한 듯한 표정으로
"감사합니다!! 그럼 저 이제 성공하는 건가요?"라고 받아치던 딸.
정말 순간 '훅' 치고 들어간 드립을 '착' 하고 받아줄 때의 희열은
느껴보지 않은 자는 절대 알 수 없을 것이다. 으하하하하.

잔소리꾼 밑에서
자라다보니
잔소리꾼 다 됐네

듣기 싫은 소리를 물 흐르듯 자연스럽게 넘기고 싶었을 때
역시 상황극이 펼쳐지기도 했었다. 어느 날 딸이 나에게 잔소리를
너무 심하게 하는 거다. 왠지 듣기는 싫은데 틀린 말이 하나도 없어서
순간적으로 장난으로 받아 쳐 넘겨야겠다는 생각에,
"이제 그만 되었으니 하산하거라~"라고 툭 던졌던 말에
"예이~."라며 잔소리를 멈췄던 적도 있었다.

너와 나의 환상의 티키타카

개인적으로 딸과 나의 쿵짝이 최고조에 달했다고 생각했던 일화는,
한창 화사가 모델인 깨X깡 광고가 유행할 때였다.
전날 밤 드림 렌즈를 착용하지 않아, 눈이 잘 안 보였는지
아침에 일어나자마자 안경을 찾는 딸에게
"껴껴껴껴 껴수깡~"하며 그 광고의 멜로디에 맞춰 개사를 해서
노래를 부르며 아무 생각 없이 안경을 건넸는데, 곧바로
"껴라껴라껴라~ 껴라껴라껴라~"라고 노래를 부르며 안경을 받아 쓰는 거다.
딸이 그 광고로 받아칠 걸 전혀 예상하지 못해서 정말 빵 터졌던 것 같다.

그냥 뭔가, 내가 하는 사소한 행동들에 또는 딸이 하는 사소한 행동들에
서로 관심을 갖고 귀를 기울이며 그때그때의 장단에 잘 맞춰주는
우리 사이가 너무 행복하다고 느껴졌던 것 같다.
왜 부부 사이도 딴 건 몰라도 코드가 맞아야 잘 산다고 하지 않나.
내 최고의 '쿵짝', '티키타카' 파트너가 다름아닌 내 딸이라는 게
정말 행복하다는 생각이 들었다. 누군가에겐 어이없는 대화만 하는
환장의 커플이겠지만, 나에게 있어서 딸과 나는 정말이지
'환상의 커플'이라는 생각이 든다.

뭐, 딸이 항상 나의 드립을 받아주는 건 아니다.

어느 날, 차에서 〈겨울 왕국〉의 'Do you wanna build a snowman' OST가
나오길래 자연스레 옆자리에 있던 딸에게 고개를 돌리며
"Do you wanna build a snowman~" 하며 노래를 따라 불렀더니
고민 1도 없이 "NO!"라고 즉답을 하길래, 사실은 속으로는 너무 뻘쭘했지만,
절대 당황하지 않은 척 아주 자연스럽게 "Okay bye~"라며 고개를 돌렸다.

우리의 티키타카가 끊임없이 계속될 수 있는 이유는
그 어떤 반응에도 쿨하게 대응해야 하며
혹시나 드립을 받아주지 않아도 당황하거나 서운해하지 않고
물 흐르듯 자연스럽게 그 상황을 넘기기 때문인 것 같다.
나는 이게 서로에게 아주 깊은 신뢰가 있어야만 가능한 것이라고 생각한다.
쓸데 없이 진지한 나.

okay bye
ㅋㅋㅋㅋㅋ

ㅋㅋㅋㅋㅋ

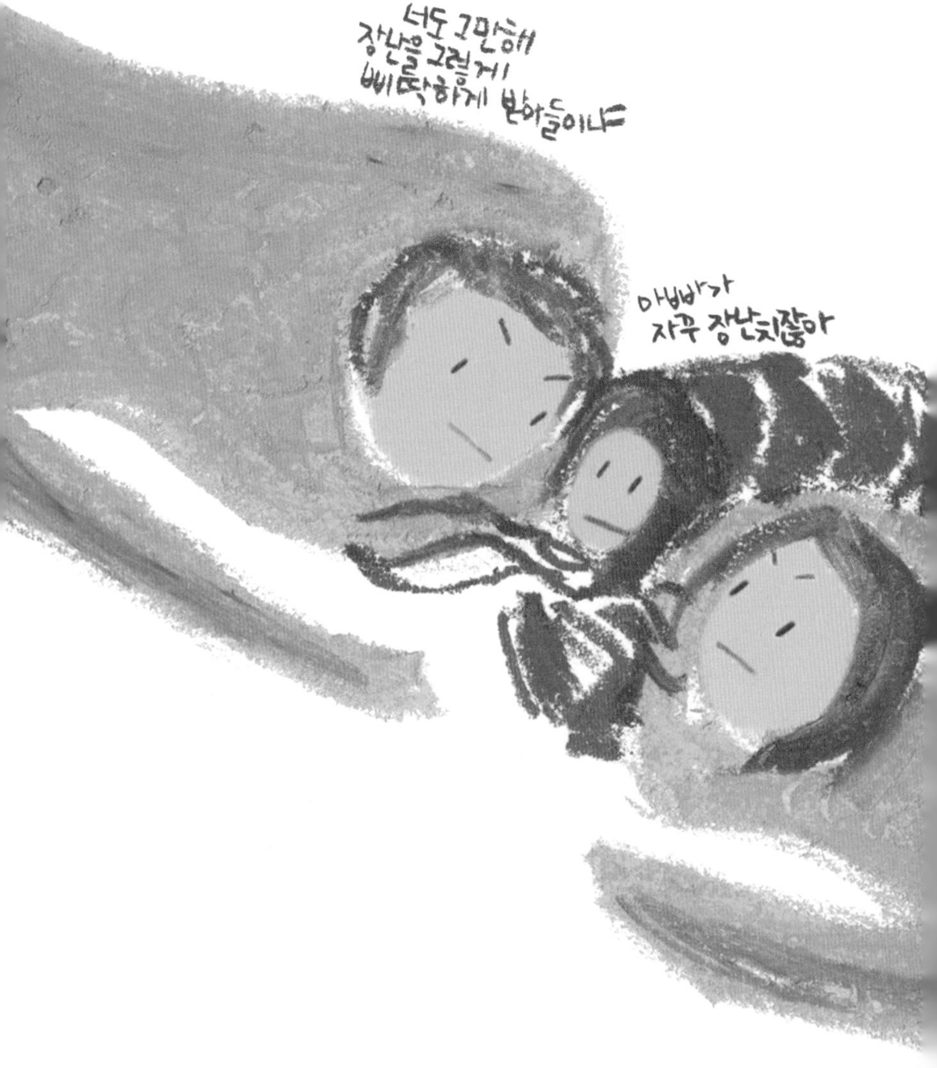
너도 그만해
장난을 그렇게
삐딱하게 받아들이냐
아빠가
자꾸 장난치잖아

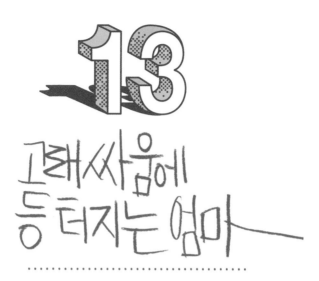

13

고래싸움에 등 터지는 엄마

시작은 늘 장난이었는데,
끝은 꼭 다툼이 되었던 아빠와 딸을 보고 있자면
어느 쪽 편도 들어 수 없고 양쪽 눈치를 보게 되는 나는
마치 두 고래 사이에 껴 있는 새우와도 같은 걸까?

싸움 하지 말자
괜히 다툼이 되잖아

하루종일 삐졌다 풀어졌다 하는 딸
(Feat. 또 그걸 못 받아주는 아빠ㅡ)

희한하게도 나와 환상의 티키타카를 보여주던 딸은

아빠와는 분명 시작은 장난이었는데 끝은 항상 다툼으로 끝나곤 했다.

그러다 보면 수위가 찰랑찰랑해질 때가 많았다.

그런 애매한 분위기는 때와 장소를 가리지 않았다.

간만에 외출했던 휴일이나 여행을 갔을 때에도 어김이 없었다.

뭔가 남편은 기분이 좋을 때 애정 표현으로 더 장난을 쳤던 것 같다.

딸한테 자꾸만 장난을 치던 아빠, 그런 아빠의 장난에 정색하던 딸.

삐져 있던 딸을 풀어주기 위해 또 장난을 걸어봤지만

딸의 화를 키울 뿐이었고, 풀어주기 위해 다가갔는데

계속 짜증만 내던 딸에게 마음이 상해버렸던 아빠.

결국 크게 싸우고 자리를 떠나버린 아빠를 보며

"아빠 그렇게 나이를 먹고 결혼까지 했는데

왜 그렇게 여자 마음을 모르는 거야?"라며

목 놓아 울었던 딸.

186

학원에서 온 딸과 함께 야식을 먹으며 이야기를 나누던 날이었다.
"너, 힘들고 그럴 때 아빠랑 대화하며 와인 한잔할까?"라며
갑자기 딸에게 와인잔을 들이대던 남편.
그냥 장난으로 한마디했을 뿐인데 "헛, 나한테 왜 그래!"라며
정색하던 딸을 보고 중간에서 분위기를 바꿔보고자 나도 나서서
"하하하, 초딩한테 와인 권하기!"라고 받아쳤는데
정색을 하며 "불법이야 그거. 미성년자한테 술 먹이기."라던 딸.
대충 분위기가 이게 아니다 싶으면 남편이 장난을 그만둬야 했는데,
남편은 항상 그 선을 모르는 것 같았다.
반대로 딸은 '아빠가 또 장난치는구나~'
하고 넘기면 될 걸 항상 그 장난을 다큐로 받아들이며
애매한 분위기가 되곤 했다.
'아, 진짜 이 부녀 어쩔! 개그 코드 1도 안 맞아.'

"너네는 내가 본 사람들 중 제일 이상한 관계야"

어느 날 밤, 침대에 눕기 전까지 피 터지게 싸우던 모녀가
언제 그랬냐는 듯 옆에 꼭 붙어 누워 너무 사랑한다며
대화를 나누는 모습을 가만히 지켜보던 남편은
"너희는 정말 이상한 것 같아. 좀 전까지 미친 듯이 서로 짜증내더니,
곧바로 세상 제일 사랑하는 사이가 된 거야?"라고 물으며,
감정의 텀이 너무 짧아 신기하다고 했다.
내 생각에는 싸웠을지라도, 뒤돌아서면 쌓였던 감정을
툭툭 털고 보듬어주고 안아줄 수 있는 게 가족이고
엄마이고 그런 거 아닌가? 싶다.

그래서 나는 남편이 딸과의 감정 싸움을 너무 진지하게 받아들여,
그 상한 감정을 오래 가지고 화를 내는 게
오히려 내 입장에서는 잘 이해되지 않았다.
남편은 그게 딸이 버릇이 없어질까 봐, 예의 없게 자랄까 봐,
걱정이 되어 그랬던 것이라고 했지만 말이다. 물론 남자와 여자는
이해 구조 자체가 달라 그런 것일 수도 있었을 것이다.
딸을 대할 때에도 마치 나와 감정 싸움을 할 때처럼
똑같이 대하는 게 답답했지만 나는 딸아이 편을 들어줄 수는 없었다.
아빠가 훈육하는 데 엄마가 끼어들어 아이 편을 들어주면 안 되니까.

취향 독특한 모녀의
패션세계에
난감해지는 남편

너네 둘이
이상하게 입고
그래야만 하나 ㅋㅋㅋ

ㅋㅋㅋㅋ
둘이 셋트로! ㅋㅋ

그치?

왜에
난 너무 좋은데
ㅋㅋㅋ

남편이 그런 말을 했었다.
언젠가부터 나의 모든 관심과 애정이 딸에게만 가 있어서,
또 동시에 나와 딸 둘만의 쿵짝이 너무 잘 맞으니
이 가족 구성원 안에서 소외감이 들며 너무 외로웠다고.
그 말을 듣는데 머리를 '댕!' 하고 크게 맞은 기분이 들며,
남편에게 너무 미안하다는 생각이 들었다.
개 딸 빼고는 고작 셋뿐인 가족 안에서
남편 혼자 소외감이 들게 했다니 말이다.

응 엄마도?

잘 잤어?

유야
너미
키스신
거싱냐?

딱 걸린
모녀의 현장

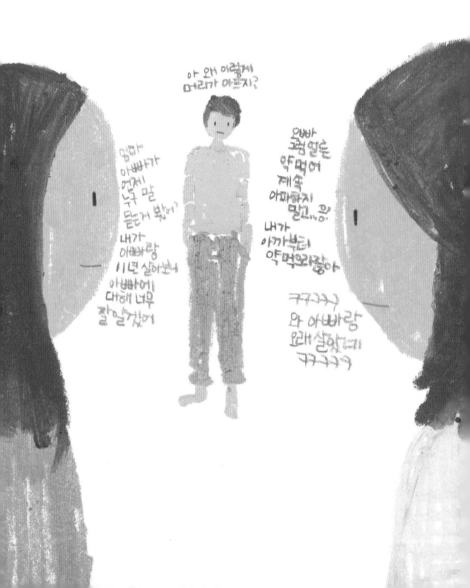

남편의 이야기를 듣고 나니, 정말 그런 생각이 들었을 수도 있었겠다는
생각이 들었다. 모녀는 '환상의 티키타카'를 보여주고 있었지만,
소외감을 느꼈던 남편 입장에서는 어쩌면 '환장의 티키타카'였을지도
모르겠다는 생각이 들었다. 남편 역시 나만큼 딸아이를 너무 사랑하는데,
딸은 그 마음을 몰라주는 것만 같았다.
표현의 방법이 딸의 코드와 맞지 않아서였을 뿐인데,
좋아서 장난을 거는 아빠에게 딸은 화를 냈고 부인은 나무랐으니 말이다.
너무 미안했고 짠하기도 했지만,
남자들이란 아빠가 되어도 여자를 모르는 것 같다는 생각을 했다.
딸 바라기에 츤데레 아빠인 남편이 딸을 사랑하는 마음을 표현한다는 게
마치, 초등학교 때 남자아이들이 좋아하는 여자아이에게 나름의 방식으로
좋아하는 표현한다는 게 여자아이들은 정색하고 화를 내게 만드는
그런 장난과 다를 게 무엇이란 말이냐.

쿵짝이 심하게 안 맞는 부녀에게도 기적처럼 환상의 쿵짝을 보여줄 때가
있었는데, 그건 주로 내가 만든 음식에 대한 이야기를 할 때였다.
반찬 가게에서 계란말이를 덤으로 주시길래 냉큼 받아와서
아침 상에 놨던 날이었다. 계란말이를 아무래도(?) 누가 봐도(?)
내가 한 게 아니라는 게 너무 티가 났던지라, 그걸 그냥 못 넘어가고
나에게 물어보던 남편의 말에 '이건 분명히 산 거'라며 곧바로 답을 하던 딸.
나는 그런 딸에게 눈을 찡긋찡긋거리며 '아니야~ 산 거 아니야'라고
그렇게 눈짓을 보냈는데 "아빠, 이건 분명히 산 거야. 엄마의 계란말이는
이렇게 모양이 예쁠 수가 없어."라며 둘이 한편이 되어 같이 놀림을 주었다.

쓸데 없이 눈치 빠르고
쓸데 없게 눈치 없는 딸

또 한번은, 남편이 자기 생일 때 미역국을 안 먹으면 안 되겠냐며
내가 끓인 미역국은 맛이 좀 심하다는 것이다. 그 찰나를 놓치지 않고
엄마가 끓인 미역국은 너무 맛이 없다며 아빠와 환상의 쿵짝을 보여주던 딸.
결혼 후, 큰 마음먹고 아빠 생신 때 아침 일찍 미역국을 끓여 가져다 드렸는데
다시는 끓여 오지 말라는 이야기를 들었던 적도 있었던 나의 미역국….
나의 음식이 놀림감이 되어도 나는 괜찮다.
나는 단지 남이 해준 음식을 먹고 싶을 뿐이다.

이것은 러브라인이 아닙니다
"나는 무슨 죄니?" 라인 입니다

앞의 페이지까지만 보면 남편만 너무 짠하게 느껴질 수 있지만, 그렇지 않다.
우리 가족이 다같이 호흡이 맞는 경우도 종종 있는데,
날이 너무 좋았던 어느 주말, 어디라도 뛰쳐나가고 싶어서 딸아이가 숙제를
끝내기만을 기다리고 기다렸는데, 당최 끝낼 생각을 안 하는 거다.
어느새 해가 저물고 있는 걸 보고 있던 남편이 이렇게 좋은 날 집 구석에만
처박혀 아무것도 못하고 하루를 날려보냈다며 자기는 무슨 죄냐며
신세 한탄을 하길래, 그럼 같이 집에 있던 나는 무슨 죄냐며 되받아쳤더니
방에서 그 이야기를 들었는지 자기는 하루 종일 숙제만 했는데
자기는 무슨 죄냐며 되묻는 거다. 하…. 서로가 서로에게 호흡을 맞추며
"나는 무슨 죄니?"를 묻다 끝난 허무한 주말이었다.

또, '아~ 이래서 가족이구나.'라고 느껴질 때도 있었는데,
예중 입시를 준비하던 어느 날, 딸아이의 연필을 깎고 있는 나에게 남편이
"지안이 2b 연필 써?"라고 물었는데 나는 '입이 쓰냐?'고 묻는 말로 듣고는,
"입이 쓰냐고? 글쎄 모르겠네."라고 답을 했다. 그 이야기를 들은 딸이
"이게 뭐냐고? 이거 연필인데."라고 답을 하는 거다.
그 이야기를 들은 남편은 딸에게
"아빠도 2b를 제일 좋아했는데."라고 답을 하는 거다.
연필 이야기로 시작해서 잠시 삼천포로 빠졌던 이야기가 결국
연필 이야기로 마무리되어 신기했던 일화가 있었다.
서로 다르게 알아듣고 다른 이야기를 주고 받던 우리 가족.
서로 다 잘못 알아들었는데 희한하게 대화가 이어졌네?

우리는,사오정 패밀리
패밀리,패밀리~

우리집 잔소리 먹이사슬

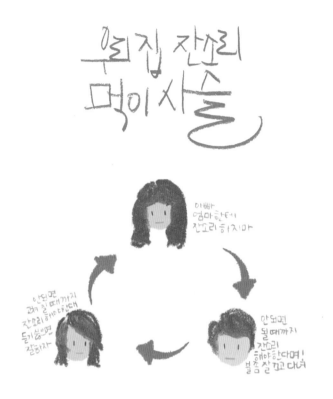

아빠 엄마한테 잔소리 하지마

안되면 될 때까지 잔소리 해야한다며 듣기싫으면 잘하자

안되면 될때까지 잔소리 해야한다며! 별 꼴 잘 끼고 다녀

우리 가족은 각 구성원마다의 역할이 정확히 정해져 있는 것 같다.
서로에게 하는 잔소리로 예를 들자면, 나는 딸에게, 딸은 아빠에게,
남편은 나에게 잔소리를 하는 구조이다.
마치, 생태계에서의 먹이사슬처럼 사이좋게 한 방향으로 잘 흐르고 있는
우리 가족의 잔소리 먹이사슬이랄까.
어느 한쪽으로 몰리면 피곤해 못살 테지만
한쪽 방향으로 알맞게 잘 흐르고 있어, 가족간의 평형을 이루며
균형 맞게 잘 지내고 있는 것 같다는 생각이 들었다.

우리 집 먹이사슬에 대해 좀 더 구체적인 예를 들자면,

어느 한밤중에 아이스크림을 끊임없이 퍼 먹고 있는 나를 보던 남편이

아이스크림을 그만 좀 먹으라는 거다. 나는 왠지 서운하고 어이가 없어서

"왜, 아까워?" 물었더니, 내가 살찔까 봐 걱정이 되어 한 이야기라는 것이다.

그 이야기를 듣고 있던 딸이 "아빠가 언제부터 엄마 살찌는 거 걱정했다고!"라며

내 편을 들어 한마디를 했더니, 남편이 하는 말이

"네 엄마 엉덩이가 일 년에 이만큼씩 커지는 거 보니까 안 되겠어."라는 것이다.

내 엉덩이가 성장하는 것이 남편의 배가 성장하는 속도에 비하면 새 발의 피

정도이기에 어이가 없었지만, 괜히 싸움이 될까 봐 아무 말도 않고 있었더니,

"아빠 배는 이만~큼씩 나오면서!!!"라고 나 대신 시원하게 내뱉어주는 거다!

마치 내 마음을 읽고 있었던 것처럼 말이다.

이 대화에서 알 수 있는, 내가 말하고 싶은 우리 집 먹이사슬 구조는

결론적으로, 내가 최약체, 1차 소비자와도 같은 위치랄까?

음하하하… 이건 내가 쓰는 글이니까

철저하게 나의 입장에서의 이야기지만 말이다.

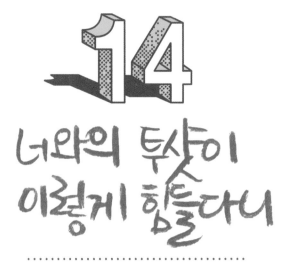

14

너와의 투샷이 이렇게 힘들다니

·····························

쿵 하면 짝 하는 모녀에게도
더럽게 안 맞는 한 가지가 있었으니,
그건 바로 사진을 찍는 일.
엄마랑 사진 찍는 게 뭐 그리 어려운 일이라고!
아쉽게도 사진첩에 딸 사진이 점점 없어진다.

딸과 함께 있을 때마다 "제발 한 장만 예쁘게 찍자."라며
사진에 집착한 것은 하루가 다르게 크는 딸과의 소중한 매 순간을
기록하며 남기고 싶었기 때문이다. 딸아이 입장에서는 엄마의 핑계처럼
들릴 수도 있었겠지만, 내 사진첩에 가득한 딸의 사진을
한 달 뒤에만 들춰봐도 '어머, 한 달 전인데 그때보다 이렇게 컸네!' 하며
깜짝 놀랐던 순간들이 너무 많았기 때문이다. 특히나 모녀가 함께
한껏 치장하고 나갔을 땐, 그 어느 때보다 격하게 기록을 남기고 싶었다.

딸아이의 예쁜 사진을 건질 수만 있다면, 자존심 따위가 문제였겠는가.
남편이 함께 외출했을 땐 남편에게 부탁했었지만,
둘이서만 외출을 했던 날에도 사진을 절대 포기할 수 없었던 나는
때와 장소를 가리지 않고 거울만 나타나면, 그 거울 앞에서
끊임없이 딸에게 구걸을 하며 거셀(거울 셀카)을 찍었다.
사진을 구걸하느라 처절했지만, 그 덕분에 아름다웠던 추억들이
지금 내 사진첩 속에 가득 들어 있다.

어렸을 땐, 카메라만 들이대면 억지로라도 웃어주며 응해주던 딸이
날이 갈수록 사진을 거부하는 이유가 뭐였을까?
어쩌면 안경을 쓰기 시작했던 딸에게 사진을 찍을 때마다
"안경 벗어봐. 고개를 조금 숙여봐. 활짝 말고 미소만 띄고 웃어봐."
'이렇게 어이없는 디렉션을 끊임없이 줬기 때문이 아니었을까.' 하는
생각이 들었다. 또 그렇게 힘들게 힘들게 찍었던 사진들 중
딸은 안중에도 없고 나만 잘 나온 사진을 골라 SNS에 올렸으니,
딸아이 입장에서는 빈정이 상했을 수도 있었겠구나 싶기도 했다.
'그런 이유 때문에 사진 찍는 걸 거부하게 된 게 아닐까.' 결론을 내린 후에는
어떻게 해도 좋으니 함께 사진만 찍어 달라고 부탁하고 부탁하게 되었다.

사진을 발로 찍었나 봅니다

이토록 딸이 싫어했던 사진을 찍어 뭐라도 건지려다 보면
서로 빈정 상하는 일이 빈번하게 일어나곤 했다. 어떨 땐 앞에
소개한 에피소드처럼 내가 딸의 빈정을 상하게 했던 일도 있었지만,
어이없게 딸이 나의 빈정을 상하게 했던 일도 있었다. 그날따라 딸이
너무 사진을 찍기 싫어하길래 그럼 엄마라도 예쁘게 찍어 달라며
카메라를 손에 쥐어줬더니, 웬일인지 그날은 열정적으로 내 사진을
찍어주는 거다. '딸이 애정 어린 시선으로 얼마나 나를 예쁘게
찍어줬을까?'라고 내심 기대를 하며 찍힌 사진을 보는데,
머리가 잘려 있거나, 기둥에 내 얼굴이 가려져 있거나,
흔들려 누구인지 알아볼 수 없는 사진들만
수 십장 들어 있어
크게 빈정 상했던
그날의 일.

엄마
사진
찍어줘

그래
내가 잘
찍어줄게~

콜 대신 사진잘 짝어져

나 대신 저 핸드폰케이스 사줘

"이야 웬일로 사진 찍는데 고렇게 협조적야?"

이런 과정들을 거치며 딸에게 무작정 사진 찍기를 강요하기보다
머리를 써서 사진을 얻어내는 방법을 택하게 되었다.
함께 사진을 찍기 위해 그때그때 딸이 갖고 싶었던 걸 사준다고 한다거나,
계획에 없었던 게임을 할 시간을 준다든지 하는 모종의 딜을 통해 나는,
딸이 사진을 찍는 데 협조할 만한 조건들을 끊임없이 제시해
결국 만족스러운 사진을 얻어내는 데 성공할 수 있었다.
누가 들으면 매우 중요한 일에 임하는 자세처럼 들리겠지만,
'아니, 사진 찍는데 그렇게까지 할 일이야?' 싶기도 하겠지만,
나에게 만족스러운 사진을 얻어내는 일이란 그런 것이었다.

갑자기 들이대야 건질 수 있는 너의 예쁜 사진

모종의 거래를 통해 겨우 허락해주던 사진도
거래가 잦아질수록 그 감흥이 떨어져서였을까?
어느덧 딸은 사진을 찍기 위해 그 어떤 조건을 제시해도 콧방귀만
뀌기 시작했다. 나는 사진을 건질 다른 방법을 생각해내야만 했다.
일단 딸과의 투샷은 하늘의 별 따기보다 어려운 일이었으니
투샷에 대한 욕심은 비워야 했고, 딸아이의 사진이라도 얻기 위해서
갑자기 훅 들이대는 방법을 찾아냈다.

앗
갑자기?
아빠

아싸
성공!
오예

아, 망.
왜?
이 사진 잘 나왔는데
ㅋㅋㅋㅋㅋ아빠ㅋ
잘 나와서 폭망

휴대폰으로 다른 걸 보는 척하다가 방심하는 사이 훅 치고 들어가
그 순간을 낚아채 사진을 찍기 위해서는 무엇보다 순발력이 제일 중요했다.
내 마음에 꼭 드는 예쁜 사진이 딸의 눈에는
폭망한(폭상 망한) 사진으로 보였다길래,
왜 그러냐 물으니, 사진을 안 찍히고 싶었던 본인의 의도와는 다르게
너무 잘 나와서 망했다고 말하던 딸. 엄마의 끊임없는 노력 덕분이었을까?
갑자기 들이대는 카메라에는 속수무책으로 당해주던 딸 덕분에
딸아이의 소중한 순간들이 지금 내 폰 안에 가득 저장되어 있다.

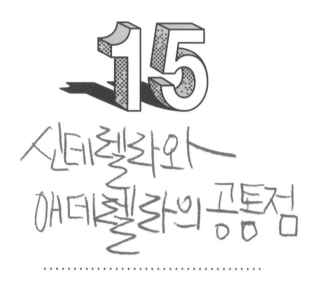

15

신데렐라와 애데렐라의 공통점

변신해서 뻗쳐 입고 외출했다가도
정해진 시간 안에는 꼭 본 모습으로 돌아와야 한다.
이것이 바로, 신데렐라와 애데렐라의 공통점!

난 애가
모기 전까지만
집에 가면 돼

음맞아
ㅋㅋㅋㅋ

난 밤
12시가
되기 전까지만
집에 가면 돼

근데 우리
집에 가면
변신하줌아
ㅋㅋㅋㅋ

엄마는 지네설

옷장과 신발장이 터지도록 패션에 관심이 많은
나에게 원하는 대로 맘껏 치장하고 한껏
뻗쳐 입고 외출하는 일이란 삶의 환기가
되는 듯하여 기분 전환이 되는 일이다.
에너지가 충전이 되며 삶의 활력을 준다고 할까?
뻗쳐 입고 뛰쳐나가 노는 걸
너무 좋아했던 엄마일지언정,
'애 어멈'의 본분을 지키기 위해 스스로 꼭
지키고자 했던 나름의 몇 가지 규칙이 있었다.

뒤뚱뒤뚱
오리발을
신은 것 같은
느낌쩍 느낌

날이 좋아서,
날이 좋지 않아서
날이 적당해서
모든 날이 나가기엔
좋은 날

안데르센의 "빨간구두"
주인공이 빨간구두를 신고
교회를 가서 벌을 받은 것처럼
왠지 학교에 빨간구두를
신고오면 안 될것 같는 느낌

첫 번째 규칙으로는,

최대한 안 튀게, 제일 조신하게 모드를 지키는 것이었다.

나의 화려한 취향으로 인해 '저 여자는 뭔데 저러고 다녀', 혹은

괜히 사람들 눈에 띄여 혹여 딸에게 피해를 주는 일이 생길까봐서였다.

그래서 학교에 갈 때는 무조건 '제일 예쁘게'가 아니라,

'제일 안 튀게'가 나의 신조였다.

결론부터 말하자면,

제일 안 튀게 모드는 1학년 때 이미 깨져버렸지만,

튀는 아이템이 하나라도 있던 날에는 마치, 안데르센 동화

〈빨간 구두〉의 주인공이 된 것마냥 불안불안했다.

나의 변장술은 마치 마법으로 변신했던

신데렐라의 '비포 앤 에프터'의 모습과도 같았다.

나를 못 알아본 건 물론이고, 나를 닮은 사람인 줄

착각하는 분들도 계셨다는 웃픈 이야기랄까?

이니 내가 인스타를
보는데 쟤네 엄마
같은 사람이 있는거야
그래서 보니
진짜 쟤네엄마
더라구요

ㄱㄱ
이제 아까서
평소대로
입고 나왔어요

그 엄마의 이중생활

한껏 꾸미면
나를 못 알아 보자는
동네 분들

안녕하세요!
저 쟤네 엄마...
ㅋㅋㅋㅋ

누구...
어머..
옷이랑
다른 모습이라서
몰라 봤어요
ㅋㅋㅋㅋ

학부형 모드 일땐
제일 예쁘게가
아니고
제일 안 튀게

또 다른 규칙은, 나의 외출은 딸이 부재중일 때의 시간만을
이용하자는 것이었다. 나에게 자유가 허락되었던 시간들은
너무나 제한적이었고, 항상 너무 부족하게 느껴졌다.
주어진 시간 안에서 밥을 먹고 커피를 마시고 쇼핑까지 하는 등,
하고 싶었던 일을 짧은 시간 동안 모두 해내고야 만다는
눈물겨운 의지와 노력이 쌓이다 보니 갈수록 순발력이 생기며
원하던 바를 모두 해내는 '초치기'의 달인이 될 수 있었다.
시간이 제한적인 애데렐라에게 가장 중요했던 건
3시간을 30시간처럼 보내는 능력!
바로, 순발력이었다!

나 너무
좋아

기대도
안 하는데
커피까지!

쇼핑에
점심에
커피까지!

애데렐라의
필살기는
바로
순발력!!!

딸이 초등학교 고학년이 되면서부터는 밤마실도 가능하게 되었다.
딸이 태어난 후로는 회사에 다닐 때에도 일 때문에 하는 어쩔 수 없는
야근 외에는 회식에 참석하는 일은 나에게는 있을 수 없는 일이었다.
해외 출장은 무조건 거절했고
딸아이의 곁에 언제나 딱 붙어 있어주던 엄마였다.

딸아이 입장에서는 엄마가 자기를 두고
어딘가를 놀러 나간다는 게 참 궁금하고 신기했었던 것 같다.
나의 차림새만 보고도 금세 눈치를 채고
어디를 가는지, 무엇을 하는지, 누구를 만나는지
그렇게 꼬치꼬치 캐물으며 궁금해하던 때가 있었다.

엄마의 실책

전반전에의
하이힐이라는
판단미스로
후반전에
녁다운 되다

나름 철저한 계획 하에 철두철미하게 규칙을 지키며 외출을 했지만
항상 내 계획대로 되는 건 아니었다 .
어느 날은 하교 후 돌아올 딸을 맞을 준비를 다 해놓고 기다리는데
몸이 너무너무 피곤해 꼼짝할 수가 없는 거다. 가만히 생각해보니,
10센티미터가 넘는 하이힐을 신고 오전 내내 너무 오래 걸어다녀
심신에 무리가 왔던 거다. 또 한번은, 오후에 있는
학원 라이드를 시아버님께서 해주기로 하셔서
참으로 여유 있는 자유 부인을 즐길 수 있을 줄 알았는데,
그날따라 딸의 몸 상태가 너무 안 좋아서
귀가를 해야 할 것 같다는 연락을 받게 되었다.
이날 나는 허무하게 자유 부인을 끝내며
'뛰어봤자 따님 손바닥 안'이라는 큰 교훈을 얻을 수 있었다.

엄마의 자유는
딸램의 손바닥안

많이 힘들었어?
속 안 좋아?

응
어지럽고
속 안 좋고
너무 힘들었어

한번은, 그날의 'OOTD'Outfit of Today가 너무 마음에 들어
나름 뿌듯한 날이었다. 주문했던 식사가
갓 나와 김이 모락모락 피어오르던 그 순간,
갑자기 딸의 학교 보건실에서 아이가 고열이 난다며
얼른 데리러 오라는 전화가 걸려온 것이었다.
원래의 계획대로라면, 딸의 하교 전 집에 돌아가
애 어멈 모드로 변신해 조신한 차림으로
딸을 맞이했어야 했는데, 친구들과 있던 자리에서
바로 딸아이를 데리러 학교에 가야 했다.
그때 바로 들었던 생각은 '하… 이 과한 옷차림을 어쩌지?
이 과한 옷차림으로 교문을 어떻게 통과하지?' 그 생각뿐이었다.
운전해서 학교로 가는 차 안에서 내내 그 고민을 하다가 결국 나는
뻣뻣하고 곧게 펼쳐져 있던 아름다운 그 '샤' 부분을 팔 안으로
다 접어 구겨넣고 팔뚝이 울퉁불퉁한 람보가 되어
학교에 들어갔었다는 슬픈 사연도 있다.
그날 딸을 데리러 달려가던 나의 심정은,
정말이지 팔에 붙은 반짝이를 사정없이 다 떼버리고 싶었으며
'과한 아웃핏을 좋아하는 엄마의 최후란 이런 것이구나.'를
뼈저리게 느꼈던 날이다.

용 지금
이 팔에 반짝이들
다 잘라 버리고 싶다
ㅋㅋㅋ ㅋㅋ

악 언니
ㅋㅋㅋㅋ

너 그렇게 입고
학교 가야하는 거야? ㅋㅋㅋ ㅋㅋ

개기지 못한
딸랭 학교출출

아이가 자라는 속도는 마치
눈한번 깜빡하고감았다 뜬기분 (Feat.MSG)

너무힘든데너무사랑스러운
말이안되는존재

아이를키운다는 것은
말하자면 네버엔딩

아이의 한마디한마디에 감동받고
귀여워만 하던 때가 분명 나도 있었다

잔소리가 먼저냐
알아서 안 하는게 먼저냐
이것은 마치 닭이 먼저냐 달걀이
먼저냐와 같은 문제

ㅋㅋㅋㅋ
알아서 안해배가
잔소리를하죠 T.T

내가 보다가
잔소리 했어니
알아서 할게라고
잔소리 하게말래
그내가ㅋㅋㅋㅋ

혼내놓고 마음 아파하는
에미 마음 아이들은 알까?

맞아 나도그래
그 순간을빼
잠깐받아주면
되는데 T.T

내가너무
마음이 굽니까
자다 깬 아이한테
빨리 자라고
소리 지르고
계속 마음이 아픈거야
내가 참을걸...

그럼에도 불구하고
우리는 늘 인증샷을 남긴다

그래서 응엄마
괜찮 맞아 그래비

우리아들은
이렇게 사진 찍는거 보면
괜찮은나봐

ㅋㅋㅋㅋ

믿거나말거나

ㅋㅋㅋㅋ
정말
걸 두 있겠다

또 오늘 엄마 화장하고
차려입고 나가는데
어디 가는지 왜 안 물어봐?

넌 엄마
사생활이
안 궁금해?

응 안 궁금해서

응 나가
다 아는
친구들 중 누가
건너러 가잖어
다 알아낸

뛰에 박자
자기는 바닥
안이라
안 궁금하다는 딸

엄마 오 너무 예쁘게 입고
나가셨네.
근데 나 데리러 나올 때는
꼭 웃을하입고 나와!
왜? 좀 창피할 것 같아

아니에요
지금
출발하므로
되요

너가
좀 늦게 가서
편히 지어요괜히
미안휴다

엄마가 생각보다
일찍 와서
아쉽다는 딸들밤

앞의 그림들처럼 제아무리 뻗쳐 입고 돌아다니는 걸
너무나 좋아하는 에미지만,
언제 어디서 그 누굴 만나건
내 수다의 8할은 아이에 대한 이야기였다.
에너지 넘치는 활력을 찾고자 뻗쳐 입고 나돌아다니던
나의 자유 부인 외출 모드는
애 어멈 모드를 벗어나 나만의 시간을
즐기고 싶었던 마음에서 시작되었지만
나가서도 머릿속엔 대부분 아이에 대한 생각이었으며
결국 나를 힘나게 하는,
나에게 힘을 주는 에너지원은
아이임을 깨닫게 해주었다.

16
'엄마' 말고 '나'

오전에 갔던 피부과에서 예약자 이름을 묻는 말에
너무나 자연스럽게 "송쟈니요."라며 딸 이름으로 답하고는
그런 예약자가 없다는 얘기를 듣고서야, 무의식 중에
내 이름이 아닌 딸의 이름을 말했다는 사실을 인지할 수 있었다.
문득 '누군가의 엄마 말고, 나는 어디에 있는 걸까?'라는
생각이 머리를 스쳤다.

조금 이른 결혼을 했고, 어린 나이에 딸을 낳고도 일을 계속해왔지만,
딸이 초등학교에 들어가면서부터 회사를 그만두고
'쟈니 엄마'로만 지내왔던 시간들이 있다.
일과 육아를 둘 다 적당히 하며 균형을 지키고 싶은데,
이도 저도 아닌 삶을 살며 바둥거리는 것만 같았기 때문이었다.
야근이나 주말 근무를 밥 먹듯 하던 직업의 특성상 일을 쫓다 보면
딸에게 한없이 부족한 엄마가 되는 것만 같았고,
오매불망 엄마만 기다리고 있을 딸 생각에 일을 중간에 끊고 나오면
또 그게 그렇게 찝찝할 수가 없었다.
그 당시에는 내 의지나 노력과는 다르게 일도 육아도
그 어느 쪽도 만족이 되지 않는 그런 시기였다.
그러다 보니 한쪽을 과감히 놓고
어느 한쪽에 100% 올인을 해보고 싶었고
딸아이가 초등학교에 입학하던 그 시기가
내 자신의 삶보다는 아이 엄마로서의
삶에 중심을 두는 게 맞다는 생각을 하게 되었다.
만삭까지도 부른 배를 움켜쥐고 밤샘 야근을
밥 먹듯 했던 나는 '독한 년'이라 불리우며
일을 해왔을 정도로 나름 자부심을 가지고
치열하게 살아왔는데, 나의 커리어에 관한
모든 욕심을 과감하게 내려놓고 육아 맘으로
올인할 결심을 할 수 있었던 건 오로지
사랑하는 나의 딸에게 좋은 엄마가 되고 싶어서였다.
'쟈니 엄마'로 최선을 다하고 싶어서였다.

내 이름보다
쟈니 엄마로
불리고, 닿하는
경우가 더
많아졌다

내가 육아 맘으로 올인하기 시작하자
딸은 학업적으로는 뭐든
스폰지처럼 쫙쫙 흡수하기 시작했고
일취월장하며 쑥쑥 위로 치고 올라가기
시작했다. 또, 새벽만 되면 자다 깨서
이유 없이 통곡을 해대던
(지금까지도 원인을 모르는)
그 희한한 증상이 기적처럼 사라졌다.

아마 딸의 그 희한했던 증상은 빡세게 일하던 나에게서 채워지지 않았던
심리적인 그 무엇인가 때문이었던 것 같다.
내가 고쳐보려고 아무리 노력해도 없어지지 않았던 그 희한했던 증상이
나의 100% 육아 맘 모드 이후로는 감쪽같이 사라졌으니 말이다.
이런 여러 가지 면에서의 아이의 긍정적인 변화들에 만족하며
쟈니 엄마로만 올인해서 지내던 그때가 나쁘다고 할 수는 없었지만,
가끔씩 '나는 어디에 있는 걸까?',
'누군가의 엄마 말고 나는 어디로 가고 있는 걸까?',
'내가 이렇게 살고 있는 게 맞을까?'라는
생각을 끊임없이 했던 것 같다.
나는 무언가 내 일을 끊임없이 해야 하는 사람이었는데,
그저 엄마로 살며 아이의 긍정적인 변화에만 만족하며
시간을 보내고 있자니 육아에 대한 만족감과는 반대로
막연한 불안함과 공허함이 몰려와 무기력해졌기 때문이었다.
내가 어디에 있든 주어진 하루에 최선을 다하면 된다고 생각하며
내 아이의 엄마로 최선을 다하는 것.
그것보다 값진 일은 없다는 마음으로 나 자신을 토닥이며 달래던 시기였다.

나의 자존감을
높게 잘재는 것
그리고 그 자존감은
누군가에게
잘하고 있다고
인정받는 것에서
오는 게 아닐까...

엄마!
엄마가
내 엄마여서
너무 행복해!

정말?
엄마도 네가
엄마 딸이어서
너무 행복해!

그 시절의 나는 아침에 일어나 정신없이 딸아이를 등교시키고 나면
다시 잠이 밀려오며 꼼짝도 하기 싫었다. 정말 아무것도 안하고 있지만
더 격렬하게 아무것도 하고 싶지 않았다고 해야 하나?
그런 무기력한 일상을 보내던 중 딸이 나에게 큰 힘을 주며 울림을 준 날이 있었다.
그날의 일은 무척 특별한 일이 아니었고 정말 사소한 일이었는데,
어느 날 딸이 갑자기 "엄마! 엄마가 내 엄마여서 너무 행복해."라며 달려들어
내 품에 폭 안기는 거다. 그때 내 품에 쏙 들어가던 작은 딸을 안았을 때,
마치 내가 딸의 폭신한 가슴에 푸~근하게 안겼던 기분이 들었달까?
딸의 뜬금없는 고백에 겹겹이 쌓여가던 무기력함이 촤르르 풀리며
바닥 치던 나의 자존감이 우뚝 올라섰던 그날의 기억.
회사를 다닐 때에는 많은 시간을 같이 있어주지 못해 미안했고,
육아 맘이 된 후에는 아이랑 하루 종일 붙어 지내며
늘어가는 나의 욕심 때문에 자꾸 싸우게 되는 것만 같아 미안했다.
시간이 지날수록 '나는 무엇을 위해 사는 걸까' 같은 정체성에 대해
고민하는 날도 많았지만, 동시에 '아이에게 엄마란,
존재 자체로 의지가 되고 힘이 되는구나. 나는 엄마로 잘하고 있었구나.
나 불안해하지 않아도 되는구나.'라고 생각하게 되었다.

이렇듯 나의 정체성에 대한 고민이 들며 한없이 무기력해지던 시기에도
결국, 나에게 큰 힘을 준 존재는 다름 아닌 내 아이였다.
본의에 의한 건 물론 아니었지만
한없이 게으르고 뭐든지 미루기 대마왕이었던 나는 엄마가 된 순간부터
부지런해졌으며, 아이에 대한 일에는 그 어떤 것도 미루지 않게 되었다.
나의 엄청난 귀차니즘을 이기게 해주던 힘.
움츠려 있던 나를 움직이게 하던 힘.
나의 원동력이 되어준 위대한 힘.
내 안의 모든 에너지는 바로
내 딸에게서부터 시작되고 있었다.

니가 엄마의
에너지의 원천 맞나와
네가 없을때는
엄만
천싯켜로 돌아가

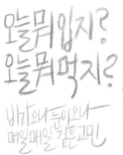

초창기의 그림일기들라 지금과는 그림체가 좀 다른 느낌이다.

처음에는 나만의 그림체를 고민했다기보다

딸과의 소중한 일상을 기록하고 싶은 마음에서 시작했는데,

꾸준히 그리다 보니 나만의 그림체가 만들어졌고 캐릭터까지 생겼다.

나의 그림들로 평소에 해보고 싶었던 것들을

하나씩 시도해보기 시작했다.

내 그림을 다양하게 메시지화하고 캐릭터화하여

다양한 카테고리로 확장을 하는 것이었다.

엄마와 아이 사이, 부부 사이, 애완동물과의 사이까지

다양한 관계에서 오는 사랑에 관한 이야기들을 담아내고자 했다.

그런 다양한 활동들로 확장이 되며 '지모'라는 이름의

부캐(부캐릭터)까지 탄생하게 되었다.

딸아이는 내가 에너제틱하게
무언가를 해나가는 모습을 보며
그 누구보다 응원을 해주며 행복해했다.

아이에 집중하며 육아를 하다

나를 잃는 것 같은 기분이 들어 무기력한 시간들도 있었고

그래서 '누군가의 엄마 말고 나 자신은 어디에 있는 걸까?'

의문을 던지던 시간들도 있었지만

결국 나를 성장하게 하는 동력은 아이였다.

딸 덕분에 이전에는 생각지도 못했던 또 다른 나의 모습을 발견하며

새로운 무언가를 만들어내는 또 다른 '나'로 발전하는 계기가 되었다.

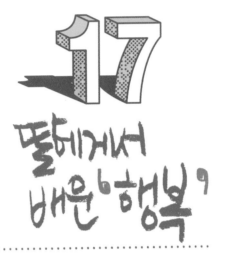

17

딸에게서 배운 '행복'

소소한 일상, 똑같은 하루
사부작 사부작 한 장씩 쌓여가는 딸과의 추억들.
사소한 것 같지만 이 작은 행복이 얼마나 소중한 것인지
너무 쉽게 잊고 살아가는 건 아닐까.

66 엄마 네잎클로버는 행운을 의미하고
세잎클로버는 행복을 의미한대
응 그렇더라 난 세잎클로버가 더 좋아
행운이 있어도 행복하지 않으면 의미가
없으니까 키햐 ㅋㅋㅋㅋㅋㅋㅋ 99

내 사과를 받아줘

한동안 그랬었다. 딸아이의 예중 입시가 코앞으로 다가와
스트레스를 받는 일이 많아서였는지,
자꾸만 머릿속이 복잡해져서였는지
나도 모르게 딸에게 짜증내는 일이 많아졌다.
그런 나의 예민함에 딸도 같이 짜증을 내는
그런 일상이 쳇바퀴처럼 반복되던 어느 날,
그날도 역시 화실에 데려다주며 별것 아닌 일에
딸에게 짜증을 퍼붓고는 아차 하는 마음이 들던 동시에
화실 앞에 도착했고, 힘 없이 돌아서서 계단을 올라가는 딸의 축 처진 어깨를
가만히 바라보다 보니 '내가 그동안 뭘 한 거지…'라는 생각이 들며
나의 지난 행동들에 대해 큰 반성을 하게 되었다.
제대로 된 사과를 해야겠다고 다짐했고 집으로 돌아온 나는
책상에 앉아 이 사과 그림을 그렸다. 화실이 끝나고 나오던 딸에게 사과를 하며
이 그림을 건네줬더니 자기도 같이 짜증내서 미안했다며 쿨하게 사과를 받아준

학교에 늦을까 봐
괜히 마음 급해져서
서로에게 짜증내고
괜히 미안한 마음에
말없이 툭 손을 내밀었는데
말없이 툭 손을 잡아준 딸

그날은 내가 딸에게 처음으로 잘못을 인정하고 제대로 사과를 한 날이었다.
가족이니까 딸이니까 말하지 않아도 내 마음을 알아줄 거라고 생각했는데,
사소하더라도 감정 표현은 확실하게 해야 서로에게 오해 없이
진심이 있는 그대로 잘 전달되는 것 같다. 그날 이후로 우리 모녀는
서로 사과할 일이 있을 땐 미루거나 피하지 않고 서로에게 제대로 사과하는
무언의 룰을 지키게 되었고, 서로 빈정 상하는 순간이 있어도
누군가 먼저 손을 내밀면 덥석 하고 내민 그 손을 잡아줄 수 있게 되었다.

아까 내가 좀 미안했어
나도 좀 미안했어

너무 뻔하고 진부한 질문을, 난 아직도 한다.
딸아이가 태어난 순간부터 지금까지 쭉~ 짝사랑을 하는 것만 같지만,
그럼에도 자존심 상하지 않고, 내 전부를 내주어도 아깝지 않은
세상 유일무이한 존재는 딸뿐인 것 같다.
이제는 그런 엄마의 감성을 알고, 엄마의 애정 표현에는
시크하지만 꼭 리액션을 해주는 딸램이다.

넌 정말 눈에 넣어도 안 아플 딸이야
에에? 눈에 넣어? 나를 막 안약처럼?
ㅋㅋㅋ 말이 그렇다고 생각해봐 너를
엄마눈에 막 넣으면 얼마나 아프겠니
그정도 아픔도 못 느낄 정도로
사랑한다는 말이야 읔 그게뭐야
그런데 말하다 보니 되게 엽기적이네

우리는 지금도 여전히 투닥거리다가도 사과하는 걸 무한 반복하고 있으며
여전히 부족한 것투성인 엄마이며, 아직은 미숙한 딸이다.
딸하고 하는 밀당은 여전하지만, 이 그림을 그리기 시작했던 시기의 선은
팽팽한 감정 줄다리기였다면 5년 후인 지금 우리의 선은
서로를 믿고 이해하며 서로를 위해 밀어주고 당겨주는 선이 되었달까?
이제는 서로를 누구보다 잘 이해한다는 믿음이 있기에 선을 지키는 것 같다.
보이지는 않지만 서로 넘지 말아야 할 선.
평소보다 내가 예민한 날에는 딸이 적당히 나에게 맞춰주고
반대로 딸이 평소보다 예민하거나 삐딱한 날에는 내가 딸에게 맞춰주며
이제는 우리 둘 사이의 적정선을 유지하며 지낼 수 있게 되었다.

하는 일이 자꾸만 꼬이고 잘 풀리지 않는 일만 반복되는 것 같아
'나는 참 불행한 사람이구나. 나에게 주어진 삶에 나름 최선을 다하며
하루하루를 잘 살아왔다고 생각했는데,
인생이라는 게 참 마음대로 되지 않는구나.'라는
생각이 들던 시기가 있었다. 그날 문득 옆에 있던 딸에게 물었다.
"넌 요즘 어때? 행복하니?"
어느 때보다 힘든 입시의 나날을 보내고 있는 딸이었기에
당연히 힘들고 짜증난다고 답할 줄 알았는데,
예상과는 다르게 행복하다는 답이 돌아왔다.
매일 지치고 힘이 들었을 텐데,
기특하게도 매일의 작은 기쁨을 찾으며 행복하게 지내고 있다는 딸.
그렇게 나는 열세 살 딸아이에게서 예기치 못한 깨달음을 얻었고,
일상에서의 작은 행복을 찾는 방법을 배웠고, 위로와 공감을 얻었으며,
잠시 잊었던 행복을 찾는 방법을 깨우쳤던 것 같다.

" 어떻게 매일 행복할 수있겠어
사소한거라도 그중에서 매일의
행복을 찾으며 행복하게자는거지 "

나는 언제나, 딸아이는 나보다 더 행복하길 바라고
나보다 더 많은 걸 누리기를 바라고
나보다 더 나은 환경에서 살기를 바랐다.
'엄마가 행복해야 아이가 행복하다.'는 말처럼
'엄마의 행복은 아이의 행복에서 오는 게 아닐까?'라는 생각을 했다.
그래서 딸아이의 행복에만 집중했고, 내가 딸아이를 행복하게 해줘야만
나도 딸도 행복할 수 있을 거라고 생각했다.
하지만 그날 행복을 다시금 일깨워준 건 다름 아닌 딸아이였다.
'행복'이란 꼭 누군가 일방적인 노력을 통해 얻게 되는 거창한 게 아니라
매일매일의 어떤 작고 소소한 기쁨을 찾는 게 행복이라는 것을.
그날의 내가 딸과의 사소한 대화를 통해 되찾았던 것처럼 말이다.

'해피 엔딩'은 현재 진행형

중학생이 되고 일 년이 지난 지금 현재
모녀의 일상은 크게 달라진 게 없지만,
언젠가 맞이하게 될 해피 엔딩을 위한 노력은
현재 진행형!

행복하게만 살고 싶다
사는건 행복한 것 보다
고통스러운 일이 더 많은것 같아

그걸 이겨내고 무디게
생각하는 방법을
깨우치는 게 중요해
그래서 이겨낸다기
보다는 묻어두는거지

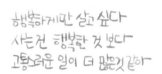

오대박!! 그치!!!

입시가 가까워질수록, 생각이 많아지고 불안하고 초초했다.
그런 생각이 끊임없이 들어 숨이 잘 쉬어지지 않을 정도의 스트레스를 받다가
문득, '이건 내가 고민한다고 해결될 문제가 아니라,
딸이 직접 이겨내고 겪어내 스스로 풀어내야 할 문제'이며
'나는 내가 할 수 있는 일에 최선을 다해야겠다.'는 생각이 들었다.
딸이 지금까지 풀었던 문제들을 다 끄집어내, 오답노트를 정리하기 시작했다.
보고 또 봐도 보고 싶게, 최선을 다해서 예쁘게 정리를 하기 시작했다.
–2020년 8월 7일

약간 뭐랄까,
딸도 그렇겠지만 나 또한 일생 중 최고로 열심히 사는 것 같은 요즘.
그 모든 건 딸에게 에너지를 주고 싶은 마음에서 시작되는 것들이다.
내 마음을 알아주는지 딸도 최선을 다해주고 있다.
그리고 그게 결과로 보여지고 있는 것 같아 기특한 마음에 눈물이 자꾸 난다.
우리 딸. 너무 예쁜 우리 딸.
–2020년 9월 12일

예중 입시를 하며 그때그때를 기록해두었던
수많은 메모들 중 일부이다.
나도, 딸도 목표를 향해 최선의 최선을 다했던
시기였던 것 같다. 이토록 모든 에너지를
쏟아부었던 우리 딸의 예중 입시.

딸과 나, 지인들은 물론 화실과 학과 학원 원장 선생님은
딸의 불합격 소식 결과에 모두 멘붕(멘탈 붕괴)이었다.
그림으로는 말할 것도 없었고 학과 공부도 상위권을 유지해왔고
시험 당일에도 학과 시험에서는 좋은 성적을 거뒀기에,
실기 시험도 보는 내내 긍정적인 에너지로 가득했던 딸이었기에
전혀 예상할 수 없었던 결과였다.
입시는 실력과 노력만으로는 안 되는 그 무엇이 있나 보다.
불합격 소식에도 덤덤하게 결과를 받아들이고,
오히려 엄마가 속상해할까 봐 그게 걱정된다며
울고 있던 엄마를 위로해줬던 딸. 자기는 불쌍한 게 아닌데
"괜찮아?"라고 묻는 사람들이 오히려 이상하다던 딸.
그렇게 말하던 딸의 마음이 아프지는 않을까
마음이 쓰였지만, 결과를 담담하게 받아들이고
지난 몇 년간 가루가 되도록 쌓아온 실력은
어디서든 좋은 밑거름이 될 거라던 딸.
확신을 가지고 다른 길은 생각해보지 않았기에
어디서부터 다시 생각하고 어디로 다시 방향을 잡아야 할지 막막했지만,
우리는 각자의 위치에서 최선의 최선을 다했기 때문에
후회도 미련도 없었다.
입시 준비하는 동안 너무나 큰 사람이 된 우리 딸!
도전에 실패한 건 부끄러운 게 아니라는 걸 딸아이에게 말해줬다.
딸은 실패가 부끄러운 게 아니라는 걸 이미 알고 있는 듯했지만 말이다.
딸의 일생 중 '입시'라는 스토리의 엔딩은 비록 해피엔딩은 아니었지만,

그 과정을 통해 많은 걸 배우고 느낄 수 있던 소중한 경험이었다는
사실은 틀림이 없었다. 힘든 스케줄에도 최선을 다하는 딸의 모습을 보며
나는 재촉하거나 잔소리를 하기보다 묵묵히 내 할 일에 최선을 다하는
나의 모습이 오히려 딸에게도 힘이 된다는 걸 알게 되었다.
그저 조바심 내며 머리만 바쁘게 굴리며 걱정만 하기보다는
내가 목표한 무언가를 위해 최선을 다해 실천하는 모습을
보여주는 것 말이다. 딸아이가 하루 종일 화실에 가 있던 시간 동안,
나는 하루 종일 집에서 내 작업을 하며 딸의 오답노트를 수기로 정리했다.
비록 꼭 해야만 하는 오답을 정리한 내용이었지만,
예쁘게 수기로 정리한 오답노트를 보며 딸의 찌든 일상에 알록달록
예쁜 노트의 내용들이 잠시나마 마음이 정화되는 '달콤한 디저트처럼
느껴졌으면' 하던 마음에서 말이다.

묵묵히 내 자리에서 주어진 일과들을 꾸준히
하는 모습을 보여주던 것이 하루 종일 목표를
위해 모든 에너지를 쏟아붓던 딸에게 전하는
무언의 응원이었달까?
딸 아이가 초등학교에 입학하면서부터
일과 육아 중 육아 쪽에 훨씬 비중을 많이 두며
지내왔지만, 딸의 입시를 통해 '생각만 하지 말고
몸으로 실천!'하는 엄마의 모습을 보여주는 게
딸에게도 힘이 된다는 걸 느꼈었던 나는 크게
용기를 내어 일의 비중을 더 늘리기로 결심하게
되었다.
그 동안은 내가 아이를 키우며
감당할 수 없을 정도로 판이 커질까 봐

혹은 실패할까 봐 두려운 마음에
프리랜서로만 일을 해왔는데, 그때의
큰 결심으로 사업자를 내고 정식으로
내 일을 시작하게 되었다. 아이가 태어난 이후로
나의 삶과 가치관이 180도 달라졌다고 해도
과언이 아니다. 엄마가 된 이후엔 엄마로서의 나,
나 자신으로서의 나 그 사이에서 엄청 많은 고민과
저울질을 해왔다. 어느 쪽에 더 비중을 두느냐 혹은
어느 한쪽을 포기하느냐 그런 고민들…. 그때 나의 결론은
둘 다 '적당히'였다. 육아도 적당히, 일도 적당히!
'적당히'라는 말이 대충이라는 뉘앙스도 포함되어 있는 것 같지만,
'둘 다 적당히'라는 내 스스로의 선을 지키려고 노력해온 것 같다.
욕심을 버리고 육아와 일 사이의 밸런스를 최우선으로
지켜왔기 때문에, 일도 육아도 온전히 함께할 수 있는
지금의 상태가 될 수 있었던 게 아닐까 싶다.
돌이켜 생각해보면 후회되는 순간들도 너무나 많다. 완벽하지는 않지만
둘 다 온전하게 지켜내고 있는 이 상태에 만족하려고 한다. 나는 여전히
일을 하며, 그림일기도 꾸준히 그리고, 캔버스에 그림 작업도 하며 매 순간
부지런해지기 위해 노력하고 있다. '나의 인생은 어디로 흘러가고 있는 걸까?',
'나는 무엇을 해야 할까?'라는 고민들로 갈피를 못 잡고 있는 딸이
끊임없이 움직이는 내 모습을 보며 자극을 받고 힘을 내도록 말이다.

초 5, 6학년을 예중 입시에 올인하며

일반 중학교 대비 선행은 1도 하지 않았기에

지금 대혼란의 시기를 겪고 있는 것 같은 딸.

어디에 내놔도 지지 않을

뾰족하고 날카롭고 견고하게 다듬어온 칼날을 잠시 내려두고,

모두가 이구동성으로 이야기하는 공부라는 창을,

나는 딸에게 무디고 둔해진 그 창을 다시 꺼내

갈고닦아보라 하기 시작했다.

딸도 그랬겠지만 나 또한 혼란스러웠다.

아니, 여전히 혼란스럽다.

딸이 나아가고자 하는 길에 든든한 길잡이가 되어주고 싶은데,

아직은 나도 흔들리고 있어서,

'어떻게 중심을 잡고 이끌어줘야 하는 걸까' 생각이 많다.

뭐랄까… 나는 다른 엄마일 줄 알았는데,

불안하니 결국 공부 노래를 부르게 되었다는 점에서

엄마로서의 나 자신에게 실망스럽달까?

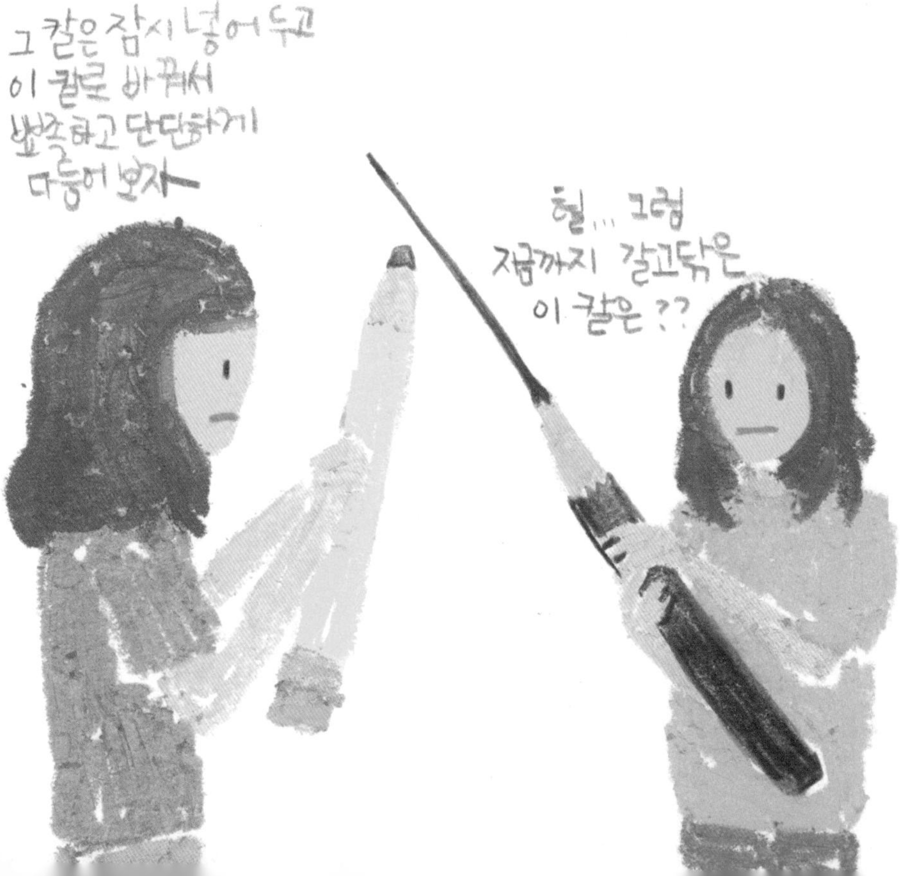
그 칼은 잠시 넣어두고
이 칼로 바꿔서
뾰족하고 단단하게
다듬어 보자
헐... 그럼
지금까지 갈고닦은
이 칼은??

아 진짜 귀엽지?
아니! 내 흑역사다!!!
나에겐 딸의 리즈시절
딸에게는 흑역사시절

딸은 본인이 잘하는 것과 원하는 것 그리고 잘하거나 원하지 않지만
꼭 해야 하는 것 사이, 즉 이상과 현실 사이의 갭에서
큰 고민을 하는 것 같지만, 여전히 친구 관계에 휘둘리지 않는
마이 웨이 스타일의 쿨한 모습을 보여주고 있으며,
여전히 그림 그리는 걸 세상에서 제일 좋아한다.
심지어 안마의자와 경쟁하며 안마의자 대신 자기의 안마를 받으라던
애교 충만했던 귀요미 시절을 자기의 흑역사라고 말하는 딸은
현재는 외모에 관심이 1도 없이 트레이닝 복만 즐겨 입는 중딩이며,
안마의자와의 경쟁은커녕 '안마의자를 틀어주는 쿠폰'을 효도 선물로
주겠다는 어이없는 유머를 구사하는, 애교 따위는 1도 없는 딸로 변했다.

내가
안마의자
틀어주니까
시원하지?

253

이처럼 예전과 달라진 점도 있지만, 여전한 점도 있다.

나에게는 과거의 모습은 물론, 지금의 딸램도 너무나 귀엽고 사랑스럽다.

콩깍지가 잔뜩 씌워진 이 미친 사랑은 내가 '쟈니 엄마'로 태어난

이번 생에는 끝나지 않을 것 같다.

딸아이가 중학생이 되고 2학년의 중반을 향해 달려가는 현재의 시점.

우리 모녀는 여전히 밀당 중이지만,

예전의 우리 모습과 달라진 점이 있다면

서로를 향한 신뢰를 바탕으로 밀당을 하고 있달까?

예전에는 무의미한 감정 소모만 큰,

언제 끊어져버릴지 모르게 긴장감 있고 팽팽한 줄다리기였다면,

지금의 우리는 서로에 대한 끈끈한 믿음을 바탕으로

절대 끊어지지 않을 걸 아는,

탄탄하게 이어진 밀당을 하고 있다는 것이다.

나는 여전히 무엇이 육아의 정답인지 알 수 없다.

아마 답이 정해져 있지 않기 때문일 것이다.

단지, 그 해답을 찾기 위해 무엇이 아이를 위한 최선인지 생각할 뿐이다.

아이마다 가진 저마다의 기질과 장점을 빛내줄 최선의 방법은

'엄마'가 가장 잘 알고 있을 것이다.

여전히 혼란스럽고 불안하지만, 나는 내가 아는 우리 딸의 기질과

장점을 최대한 존중해주며 든든한 지원군이 되어주려고 노력할 것이다.

사랑하는 내 딸의 '중학교 3년 스토리'가

해피엔딩으로 마무리되길 응원하면서 말이다.

trust

딸하고 밀당 중입니다
사춘기 딸과 함께한 날들의 기록

1판 1쇄 인쇄 2022년 5월 10일
1판 1쇄 발행 2022년 5월 20일

지은이 지모
펴낸이 이봉우

콘텐츠본부 고혁 김초록 김지용 이영민
마케팅본부 송영우 어찬 윤다영
관리 박현주

펴낸곳 (주)샘터사
등록 2001년 10월 15일 제1 – 2923호
주소 서울시 종로구 창경궁로35길 26 2층 (03076)
전화 02-763-8965(콘텐츠본부) 02-763-8966(마케팅본부)
팩스 02-3672-1873 | **이메일** book@isamtoh.com | **홈페이지** www.isamtoh.com

ISBN 978-89-464-2214-8 03810

- 값은 뒤표지에 있습니다.
- 잘못 만들어진 책은 구입처에서 교환해드립니다.

샘터 1% 나눔실천
샘터는 모든 책 인세의 1%를 '샘물통장' 기금으로 조성하여
매년 소외된 이웃에게 기부하고 있습니다. 2021년까지 약 9,400만 원을 기부하였으며,
앞으로도 샘터는 책을 통해 1% 나눔실천을 계속할 것입니다